講談社文庫

戦国物語

信長と家康

山本周五郎

講談社

戦国物語　信長と家康　目次

織田信長篇

曾我平九郎（そがへいくろう）　11
違う平八郎　49
あらくれ武道　87
羅刹（らせつ）　115

徳川家康篇

御馬印拝借（おうまじるしはいしゃく） 155
良人（おっと）の鎧（よろい） 195
落武者日記 221
平八郎聞書 253

戦国物語　信長と家康

織田信長篇

曾我平九郎（そがへいくろう）

一

信長は突然顔をあげて、

「気に入ったか」

と訊いた。

余りにふいの事で、曾我平九郎にはその言葉が分らなかったから、碁石を握ってい
る手をそのまま下して、

「は——？」

と主君の眼を見上げた。

信長は、いま襖の彼方へ去って行った侍女若菜の方へ一瞥をくれながら、

「若菜よ」

と云う。平九郎はつと赧くなった。

「何を、何を仰せられます」

「ははは赧(あこ)うなったの」

信長は面白(おもしろ)そうに、

「我慢の平九と云えば清洲(きよす)きって武骨と噂(うわさき)に定まった男だがやはり血は温(あたたこ)う流れる
とみえる。どうだ美しかろうが」

「何がでございますか」

平九郎の返事は意外だった。

「何が——？」

信長ちょっと鼻白んだ。

「若菜よ、若菜の姿美しゅうはないか」

「さ、どうでございましょう」

平九郎は静かに盤面へ石を置いた。

「ほほう大分構えるな、彼女(あれ)もしかるべき者の娘であったが今は孤児(みなしご)、よき男あらば
縁づけくれようと存じているが、どうだ平九、嫁にとる気はないか」

「ございませぬ」

にべもない答えだ。

「私、生来女子(おなご)が嫌(きら)いでございます」

「隠すな」

「殿こそ、お戯れを」

「なに戯れ？」

信長の唇がぶるぶると痙攣った。

「平九郎、その方上総介を盲目にする気か」

「は？」

「先刻より三度まで、若菜が茶を運んでくる毎に、その方愚な手を打っていること、この信長が知らぬと思うか、うつけ者め」

信長は指を以て盤面を指した。

「ここ、ここ、ここ！　この三石は何だ」

平九郎はつと手を下した。

「多くある家臣の中でこの男と思うたればこそ碁の相手にもしばしば呼んで、若菜に茶を汲ませたものを、その心尽しを察しもせんで戯れとはどの口で云う。上総介信長が取持の役まで買っているに白をきって、生来女子を好まぬなどとどこまで欺き澄ます気だ。見損っていた、退れ！　左様な心ねじけた奴家臣に持つことならぬ、唯今限り勘当だ」

「あ、御勘当とは？」

驚いてすり寄る平九郎。信長は、

「ええ眼触りだ！」

甲高に叫ぶと、

「殿、し、暫く」

裾に縋ろうとする手を振払って、足音も荒く奥へ去ってしまった。日頃の一徹の気性を知っているから、平九郎もどうにもならぬと覚った。力無く座を立つと溜へ寄り、支配頭池田信輝に取なしを頼んで城を退った。

平九郎は俊斎の子、年は二十六歳、御使番で槍の達者だった。四年まえに父俊斎が卒してからは下僕六助と二人住い、母はとくに亡かった。俊斎が先代信秀の出頭人であったことから、信長も平九郎を疎からず思い、徒士組にいたのを馬廻りに取立て、幾許もなく使番としてめをかけていたのである。その気持は平九郎にも身に浸みて有難かったから、人一倍武芸に出精して折あらばこの君の馬前に死のうと誓っていた。

五十日程前のことである。

「遠駈の供をせよ」

という命が不意に平九郎を驚かせた。蒼惶としてまかり出ると、供は自分ともう一

人、それも軽装した小女房である。それが若菜であった。審り顔の平九郎に、

「此女は少々騎るぞ、負くるな平九」

そう云って信長は悪戯そうに笑った。

小牧山まで二刻、信長を先頭に平九郎、若菜の二騎、轡を並べて傍乗を勤めた。併し手綱捌き、煽り、抑え、駈けいずれを見ても若菜の馬術は非凡なもので、相駈けの平九郎を追越すまいと気を配る女らしい優しさと余裕さえ充分にもっていた。

「併し、何故殿はこんな供をさせるのであろうか」

平九郎はそれが分らなかった。

二

それがきっかけで、それから平九郎はしばしばその遠駈に召された。主君の寵を受くることは望外の面目であるが、武弁一徹の平九郎にはそうした晴がましさが辛かった。しかもそうした時必ず若菜が一緒であることは、何かにつけて心が乱れる、見まいとすればする程、却って姿が眼について遠駈の後のぼっと上気した頰、風に吹送られてふっと鼻をかすめる匂やかな女の香、豊かに肉の乗った体つきなどが日を経るに

したがって忘られぬものとなっていった。

ところが五六日前のことである。城中の溜に集っていた若武者達の噂話を、聞くともなく平九郎が耳にした。

「若菜とか申す侍女な」

「うん」

「殊の外のお気に入りと見えるが、最早お手がついたのではあるまいか」

平九郎の血が逆流するかと思われた。

「さあ御潔癖ゆえそこまでは知れぬが、ともかく一向の御執心だな、お傍御用は彼の女が手一つにお仕え申しているらしい」

平九郎はその後を聞くに堪えなくなってその場を外した。

「そうか、殿御執心の女だったか」

そう呟くと共に、その日まで心窃かに抱いていた自分の恋心を、嘲るように苦笑をもらした。

「御執着の侍女に懸想するなどと、自分は何という分際を知らぬ男だ。諦めよう」

そう決心した。

こうしたゆくたてがあればこそ、今日信長の言葉を素直に受取ることができなかったのである。

「気に入ったか」

と云われた時既に、心を見透かされて度を失っていたのだ。殿御執心と知っていればこそ嫁にとらぬかと云われても、辞退する外はなかったのである。その心が信長に通ぜず、徒に主君を盲目にしたと思われたのでは、さすがに平九郎も悲しかった。

「や、最早御退下にござりますか」

平九郎の早い帰宅をみて、下僕は審り顔に出迎えた。

「お顔の色が勝れませぬがお加減でも悪うござりますか」

「うん、頭が重うて」

「お薬湯など煎じまするか」

「構わんでよい」

平九郎は何をする元気もなく居間へ入るとそのまま、刀を脱ったなりそこへ坐りこんでしまった。

翌る朝早く、隣邸に住んでいる木下藤吉郎が訪ねてきた。藤吉郎は仕官して五年に満たぬ新参であったが、智略抜群、数度の功によって普請奉行の役についていたし、役禄五百貫を領した隆々たる出世振りに世を驚かしていた。したがって柴田勝家、佐

久間信盛、坂井右近ら、清洲譜代の老臣どもは、人もなげな昇進ぶりを苦々しく思って、

「野猿めが、身の程も知らんで」

と疎んじていたが、平九郎は藤吉郎の智謀と、功に誇らぬ卒直さが好きで、はやくから親しいつきあいをしていた。

「御勘気を蒙ったそうにござりますな」

座に就くとすぐに、

「お小姓衆から容子を聞いて取敢えずお伺い仕ったが、何を失策なされました」

と藤吉郎が訊ねた。

「さあ――」

平九郎は苦笑した。話すべき事であろうか、主君御執心の女、それと知ったればこそ御意に逆ろうた自分の気持、それは迂闊に語るべきことではない、知ってもらえるとすれば信長公自身に知ってもらうべきで、他の人の耳に入れて良い事ではない。

「お話し申上げたいが、申せば身の恥、どうぞお訊ねくださるな」

「それでは伺いますまい」

藤吉郎は頷いて、

一日頃御出頭のこと故、御勘当もすぐにゆるむことでございましょう。折があったら憚りながら私よりもお口添仕ります」

「何分ともに」

「ま暫くは骨休め、御心労なさらずに静養でもして——」

心安く云って藤吉郎は辞し去った。

木下が取なしてくれたら、あるいは早くお詫びが協うかも知れぬ、と心丈夫に思っていると二三日して、支配頭池田信輝が馬をとばしてやってきた。

「どうでござりました」

何より先に訊くと、

「だめじゃ、きつい御不興でのう」

「は」

「平九郎の儀なれば助言無用、そう仰せられるきりお取上げにならぬ」

「では、どうでも御勘当は許されませぬか」

「今の御気色ではのう」

平九郎は胸を塞がれるような思いだった。

「併し何とかその内に考えようから、決して落胆せぬようにな」

「は！」

「お許にも思案があったら申出てくれ」

そう云って信輝は帰って行った。

三

七日めの夜であった。

「お来客にござります」

と、下僕が知らせてきたので、武具の手入れをしていた平九郎、

「木下殿か」

「誰やら、お女中にござります」

「女中？」

夜中、女客と聞いて、平九郎首を傾げたがふっと頭にかすめる俤。

「お通し申せ」

と云って手早く支度を改め、まさかと思いながら客間へ行ってみると、案に違わず短檠の明りを避けて、つつましく坐っているのは、若菜であった。

平九郎は騒ぐ心を押鎮めながら、

「何か、急用にても？」

と訊く。若菜は頰を染めて昵と膝を見戍っていたが、やがて静かに眼をあげた。

「実は私も、お暇になりました」

「お暇？」

平九郎は眼を瞠った。

「それはまた何故に」

「訳は云わぬが、暇をくれるから平九郎を訪ねて身のふり方を頼め、と仰せられまして」

「私に――頼めと――」

「親兄弟のない身上ゆえ、厚顔しゅうはございますが、ともかくお眼にかかってとこうして夜中にお伺いいたしました」

そう云って、若菜は俯向いてしまった。燈火を避けてはいるが、どうやらその眸には涙が溢れているらしい。

平九郎は呆然とした。自分はどうかして帰参のかなうようにと心を砕いているのに、主君は若菜に暇を出してしまわれた。勘当のはなむけに、御執心の侍女を与えようという思召（おぼしめし）かも知れぬ。

「併しそれは余りに情なきお仕置だ。曾我平九郎は想（おも）う女と主君を取替える程、心腐れてはおりませぬぞ！」

　そう思うと平九郎はきっと顔をあげて、

「若菜殿」

「はい」

「慮外ながらこのままお帰りくだされい」

　若菜ははっと平九郎を見た。

「私とても御勘当の身上、貴女（あなた）の身に就いて御相談にあずかる筋ではござりませぬ。夜陰ではあり男ばかりの住い、人の眼にかからば由（よし）なき噂（うわさ）の種ともなりましょう。早々にお引取りくださるよう」

　若菜は無言だった。

「お分りくださらぬか」

　平九郎の語調は意外にきつかった。若菜はやがて力なく頷いて、

「分りました。ではこれで――」

「お帰りくださるか」

「はい。お邪魔をいたしました」

低く云うと、静かに挨拶をして若菜は立上った。平九郎は見送らずに居間へ戻った。

「可哀相に」

そう呟くと共に、心の内で、

「赦せ」

と詫びるのだった。

闇の中を唯一人、身寄りもない女の体で何処へ行くだろう、木下藤吉郎にでも頼れと教えるのであった。そんな事を思いながら平九郎は再び、武具の手入れを始めるのであった。

それから又一旬ほど過ぎた。

ある夜更けてから、藤吉郎がふいに訪ねてきた。既に子の刻（午前零時）近くのことで、座へ通るとすぐに口を切った。

「大館左母次郎、御存知でしょうな」

「鳴海より参っている」

「如何にも、かねて諜者の疑いあった男。あれがいよいよ山口左馬助の手先となって、清洲の秘謀を内通している事判明、明朝刺殺いたすことに定まりました」

「明朝刺殺？」

　藤吉郎の話はこうだ。

　大館左母次郎は、鳴海城主山口左馬之助の家臣であったが、左馬之助が織田信長と誼を結ぶと間もなく、遣わされて清洲の城に属していた。山口はもとより今川義元の腹心、表面織田家に貢を献ずると見せて、実は機密を探り、これを今川氏に通じていたのである。勿論左母次郎がその諜者の役を勤めていた。

「併し、今川氏との対抗上、今ここで急に鳴海と不和になる事は不得策。よって左母次郎を秘に刺そうという手段」

　藤吉郎は、声を低めて、

「大館は鳴海へ急使の役を申付けられ、夜明け前に清洲を出発いたします。刺殺の役は私、場所は庄内川土井の渡、河原に待受けて討止める手筈でござります」

　そこまで聞くと、何の為に藤吉郎がそんな話を持ってきたかという事が、はじめて平九郎に分った。

「左母次郎の供は」

「両名！」

「騎馬でござるか」

「徒の筈です」

平九郎は刀を引寄せた。

四

夜が明けかかっていた。

土井の渡手前十二三町、土器野の畷がかり半町余り、郷社八幡神社の境内松の蔭に、平九郎は槍を横えて待っていた。

自分達は庄内川の河原へ待伏せをかけるから、その前に左母次郎を討って、御勘気赦免の手柄にするがよい。

と、口に云わぬが藤吉郎の好意だった。その場から立って須賀口で藤吉郎の同勢二十騎をやり過し、足場を選んだのがここである。

見覚えのある大館左母次郎が、供二人をしたがえて畷へかかってきた時、田面の上には濃い朝靄が垂れていた。左母次郎は五尺二寸余り、小兵の体に徒士物具を着け、体に似合わぬ大太刀をはいている。供は登五、道助と呼ばれ、いずれも鳴海からの随身（じん）で強力の名が高かった。

　平九郎は三人を四五間（けん）やり過しておいてつと起（た）つや、槍を執って追いざま、登五の腰へまず一槍入れた。

「あっ！」

と倒れる登五。はっと振返った道助が、

「曲者（くせもの）」

　叫ぶのへ、

「邪魔だ、退（の）けっ」

と喚（わめ）いておいて左母次郎へ肉薄する。疾風の如（ご）き襲撃に危く初の突を躱（かわ）した大館、太刀を抜合して構えながら、

「名乗れ、何奴（なにやつ）だ」

「清洲譜代の家人曾我平九郎友正（ともまさ）だ、鳴海の諜者（いぬ）め、死ね！」

「さては露（ば）れたか」

　左母次郎歯噛（はが）みをして、

「かくなる上は逆討だ、来い」

「やあ――」

脇から絶叫しながら道助が襲いかかる、平九郎左足をひいて外しざま、石突をかえして足を払う、のめって倒れるのには眼もくれず左母次郎へ、

「ゆくぞ！」

おめきながら突きを入れる。

平九郎の軽装に反して大館は物具を着けていた。進退の自由、足場の利、ことごとく平九郎に奪われている。三河、駿河に転戦して功名少からぬ勇士であったが、数合あわせるうちに突立てられて、道助が助勢に寄る間もなく、草摺はずれ下腹を背へかけて刺貫かれた。

「うん！」

と呻いて槍をひっ摑んだが、右手に大きく振冠った太刀が苦痛に顫えた。道助が横から平九郎に掛ろうとするのを見ると、

「早く鳴海へ」

と左母次郎は叫んだ。

「鳴海の城へ、急げ」

道助はちょっと躊躇っていたが決心して踵をかえすとそのまま、一散に東へ駈けだした。やってはならぬ、平九郎は槍をぐいと手許へ引く、左母次郎は槍を摑んだなり

引かれて寄る、と振冠った太刀を必死に斬下した、刹那、平九郎は槍を抛って大館をそのままに刀を抜いて道助を追った。

暇はずれで道助を斬って戻ってくると、左母次郎は草の上に坐って、傷所を押えながら肩で息をしていた。引起して、

「覚悟はよいか」

と喚くと、ようやく振仰いだが、もう眸が散大してしまって見る力はない。平九郎は膝下に押伏せて首をかいた。

叢の中に這い込んでいた登五を引出して斬ってから、左母次郎の首級を包んでいると、朝靄の彼方から戞々と蹄の音が聞えてきた。それは藤吉郎の同勢であった。

「やあ、曾我殿」

木下は平九郎を見出すと、真先に馬を乗りつけてきながら、

「貴殿この辺にて大館左母次郎にお会いなさらなかったか」

「そこに――」

平九郎は道傍の屍を指した。

「や！」

藤吉郎は聞えよがしに叫んだ。

「左母次郎を斬られましたな。して従者両名は」

「それも共に」

「貴殿御一人でか」

平九郎は苦笑するばかりだった。

「お手柄お手柄でござる」そう言って馬から下りてきた。

五

三日後、平九郎は信輝に連れられて城へ上った。大館左母次郎主従を討取ったのは一人である、という藤吉郎の報告に平九郎の名は伏せてあった。案の定信長はその者に会おうと云う。そこで、今日の伺候となったのである。

城へ上るとすぐにお召しということで、平九郎は池田信輝の後から謁見の間へ通った。待つ間もなく信長は座へ現われた。挨拶を言上して信輝が、

「かねて申上げました大館左母次郎を討取りし者、仰せにしたがって召連れました」

と披露するを、

「待て」と信長が制して、

「その方、平九郎だな」

「はっ」平九郎はっと平伏したままで、

「御機嫌うるわしゅう」

「左母次郎を斬ったはその方か」

「は、お恥かしゅうございます」昵と見ていた信長、何を思ったか、

「勝三郎（信輝）席を外せ」

と命じた。信輝はじめ小姓共を退けて二人だけになると信長はつと膝を進めて、

「待っていたぞ平九、何故早く来なかったのだ。手柄などをたてずとも、自分から参って一言詫びれば、それで俺の気は晴れるのに、情の強い奴め」

「はっ」平九郎は顔を挙げることができなかった。やはり主君は自分を憎んでおられたのではなかった——そう思うと、嬉しさがこみ上げてきて涙の溢れるのを抑えかねた。

「よいよい、顔を見せろ」

「——」平九郎は懐紙で涙を拭うと、静かに面をあげた、信長はその眼を見てにっこと微笑みながら云った。

「若菜は達者か」

「――――」

「患いはすまいな」

平九郎はぎょっとして、は！　と云ったまま両手を下した。

信長は重ねて、

「どうした」と促すように訊ねたが、答えもなく平伏している平九郎のさまを見ると、ふいと声の調子が変った。

「平九郎、その方――若菜を家に入れなかったな」

平九郎は苦しげに答えた。

「は、御意の如く」

「何故だ、どうして入れなかった」信長の追求は厳しい。

「恐れながら、御勘気を蒙っておりまする私故、憚多きことと存じまして、そのまま、――」

「追返したと云うのか」

「殿――」

弁明の暇も与えず、ぱっと起った信長、席から飛ぶように走り寄ると、平九郎の衿髪とって膝下へ引据え、拳を挙げて続けざまに三つ五つ打った。

「強情者め！」信長の息は火のように熱かった。

「何の為に信長が罪なき若菜に暇をだし、身寄頼りのない体を城から追ったかそれが貴様には分らぬか」

「――」

「身上の事は平九郎に相談せよとまで言伝（ことづ）てたではないか、如何（いか）にものを知らぬ武弁とはいえ、かほどまでした信長の心が知れぬ筈はあるまい」

「――」

「大館主従を斬るは貴様でのうても足りる、若菜の行末をみるは貴様の外になかったのだぞ。世に頼りなき女を追帰し、僅（わずか）な手柄を申立てて帰参を願い出るなんど、それがあっぱれ武士（もののふ）の道か、再びその面（つら）見するな」

信長はそう云って手を放すと二三歩行きかけたが振返って、低い声で付加えた。

「貴様は自分の浅智恵（あさぢえ）で、若菜は信長執心の女と思っておるであろう。それ位の事を察せぬ上総介か、如何にもおれは若菜が好きであった。好きであったればこそ平九郎をこの男と見込んで、若菜を嫁にとらそうとしたのだ。貴様がおれに遠慮せんで済むよう、罪なき者に暇をくれてまで良かれと計（はか）ったものをその情も空（あだ）となった。――若菜はいま何処（いずこ）にいることか」

信長の跫音が聞えなくなってからも暫く、平九郎はその座を動くことはできなかった。そしてやがて頭をあげると、

「今こそ分りました、平九郎は愚者でござりました」低く呟いて立った。最早曾我平九郎は泣いてはいなかった。そしてその夜のうちに西市の邸を引払って、平九郎は清洲を立退いた。

六

永禄三年（一五六〇）夏五月。駿河守治部大輔今川義元は、四万六千余騎を率いて駿府を発し、京に入って天下号令の権を握るべく、まず尾張を犯して自ら田楽狭間に本陣を構えた。

十有八日、駿河勢の先手は鳴海を収め・知多の郡の所々に火を放った。織田家の総勢六千、丸根の出城に佐久間大学あり、鷲津の砦で織田玄蕃允らあり、中島、善照寺等の要害に、木下藤吉郎麾下、蜂須賀正勝の党一千五百の騎兵隊はあったが、海道随一の勇将今川義元の軍勢には敵すべくもみえなかった。

十九日の夜。

清洲城中の評定は、ほとんど籠城ということに決していた。老臣達はいずれも義元の威勢に怖れ、城外に合戦して全滅するより、城に立籠って決戦を遅らせ、北陸の猛虎上杉謙信の武威を藉ろうと謀っていた。併し独り信長のみは傲然として云わず、十九日夜に入ると共に、城中大広間に諸臣を列ねて酒宴を張った。宴なかばにして、

「鷲津落つ！」と飛報があった。

信長は生絹の帷子を寛闊に着て、事もなげに痛飲していたが、やがて末席にいる舞師宮福太夫を招いて、

「鼓をうて」と命ずるや、自ら扇をとって立上り、人間わずか五十年、下天の内をくらぶれば夢まぼろしの如くなり、一度生をうけて滅せぬもののあるべきか、と舞い謡った。

三度まで繰返して席につくところへ、

「丸根の砦破れ佐久間大学討死」という急使が来た。信長は聞くより盃を抛って、

「よし、時機だ！」と起ち、大音声に叫んだ。

「上総介信長出陣と軍中に伝えよ、めざすは桶狭間！」

あっと驚く老臣達をしりめに、信長は勇気凜然と内へ入った。

間もなく――。

清洲から馬を煽って東へ駈ける武者があった。田中郷をぬけ阿原を越えて枇杷島へかかると、ある藪蔭の古朽ちた家の表に馬を下り、雨戸を打って、

「木下の使者でござります、お明けくだされお明けくだされ」

と忍び声に呼んだ。

「唯今！」答えがあったと思う間もなく、内から雨戸を引明けたのは、清洲を立退いて年余になる曾我平九郎友正であった。

「介殿には唯今御出陣にござります」

「や！　して行く先は？」

「桶狭間」

「かたじけない、木下殿に御礼よろしく」

御免と云って使者は馬に、そのまま闇を清洲へ引返して行く。平九郎は振返って、

「若菜！」と呼んだ。

「はい、お支度はこれに」と奥では既に、愛妻若菜が甲斐々々しく良人の物具を取揃えていた。

清洲を立退くとすぐ、平九郎は藤吉郎の助力で、近江の縁辺に身を寄せていた若菜を連れ戻って婚姻を結び、枇杷島郷の片隅に隠れ棲んで時機の来るのを待っていたの

だ。

「いよいよ御馬前に死ぬ時が来た」

「はい」

「御勘当のお赦しはないが、今こそ平九郎友正、尾張の悪鬼となって、駿河夷どもを突きまくってくれようぞ！」手早く身支度をする平九郎の前に、

「お願がございます」と若菜が手をつかえた。

「何だ」

「私も共に戦場へお連れくださりませ」

「そなたも？」平九郎は眼を瞠った。若菜は必死の面をあげて云う。

「この度の戦は、清洲にとっても、貴方様にとっても九死一生の大事、所詮は討死のお覚悟でござりましょう、殿様のお情にて夫婦となりました私、一人のめのめと何を当に生残りましょうぞ、是非お連れくださりませ」

「そうか！」平九郎は快く頷いた。

「そなたの長巻は殿御自慢であった、見苦しい死ざまもすまい、来い」

「お許しくださりますか」

「うん、夫婦揃っての討死も面白かろう」

「嬉しゅう存じます」若菜はにっこり微笑んで立った。

かねてかかることありと期していたか、持荷をひらくと取出した物具、髪をきりきり括って衣服を更え瞬くうちに武装をおえた。太刀は佩かずに小刀のみ帯し、手だれの長巻をとっていざと起つ、平九郎見るより、

「あっぱれ武者振だ、さらば友正地獄の先達をいたそう、来い」

勇躍して槍をとった。夫婦轡を並べて薄明の中を東へ。

七

信長が急遽清洲の城を駆って出た時、続く者は十騎に足らなかった。須賀口で二十騎、旗本で五十騎、土井の渡でようやく総勢二百余り、三里を疾風の如く駈けて熱田の宮に到ると、信長はかねて認めてあった戦勝の願文を奉る為に馬を駐めた。

熱田にて兵を待つ、集る軍勢三千余騎、東を望めば黒煙天を覆って暗い、これぞ丸根、鷲津の出城を焼く煙だ。訴願終って信長は再び馬上に鞭をあげ、東を指して発した。

笠寺に到って道を変じ、一路丹下の砦に入って柴田と合する。ここに於て戦況を聚

め聞き、即ち田楽狭間の本陣を衝くべしと決した。

連日の勝戦に気をよくした今川勢は、更に鷲津、丸根を破って驕り、大将義元をはじめ田楽狭間の本陣に鎧の紐を解いて、昼から酒宴を張っていた。信長はその虚を衝いて向背両面から不意に義元の旗本へ殺到した。

折も折、一刻あまり前から疾風がおこり、雷鳴と豪雨さえ加わって天地晦冥となった。そこへ思いがけぬ織田勢の奇襲である。今川勢は忽ち手のつけられぬ混乱に陥った。

「余の者には眼をくれるな、唯大将を討って取れ、めざすは駿河守の首一つぞ」

叫び叫び信長は槍をとって自ら馬を陣頭へ進めていた。

吹きまくる烈風に煽られて、濡れた幔幕がぱっぱっと鳴りながら翻っている。ひっ千切れて飛ぶ木葉が、飛礫のように縦横に空を切る。電光がはしる度に、斬合い突合っている兵どもの、ひき歪んだ唇、殺気に光る眸、苦痛を堪える眉が明らさまに見えた。

はじめ同勢内の喧嘩か、あるいは謀叛人でもあるかと疑っていた義元近習の人々は、（それ程にこの襲撃は駿河勢にとって考え及ばぬものであった）それと知るより、「旗本を固めよ！」と叫びながら駈寄ったが、遅し、その時既に二人の尾張武者が幔幕をかかげて踏込んできた。一人は黒糸縅の鎧に、犀の角の一本前立うった冑を冠り、大身の槍を持っていた。また一人は小具足身軽に出立って長巻を抱込み、うちつれて颯と幕の内へ入ったが、槍を持った武者が逸早く義元をみつけて、

「駿河守殿、見参!」と叫びつつ走り寄った。

「慮外者!」

「さがれ!」

罵りながら警護の士両名が、抜つれて襲いかかる。尾張武者は少しも騒がず、左と右にやり過して、必殺の意気凄じく義元へ肉薄した。幕営を犯された義元近習の武者達は、既に尾張勢が幕外へ詰寄っていると、誤り信じてしまった。それ故侵入者を斬除くことより、主君の活路を見出そうとする方が先だった。

「殿、早く!」

「西の木戸へ、早く、早く」

いずれも上ずった声で喚きながら、刀を振廻しているばかりだ。猛然と肉薄してきた尾張武士は、もう一度大音に、

「見参仕る!」と叫んだ。

「応!」と答えて義元が、愛刀松倉江の大太刀を抜く。同時に両三名の近習の士が、

「わっ」と言って義元を背に囲んだ。と、眼も眩むような電光と共に脇から、長巻の武者が猛然と薙ぎかかったので思わずたじろぐ、隙だ、手近の一人を突伏せて勇躍した尾張武者、

「御免！」と言いざま、さっと義元の太腿深く突刺した。

「うぬ、推参！」

喚いて払う、刹那、槍をかえして石突で頸輪のあたりを強かに突く、だだと体が崩れて膝をつく義元、

「や！　殿」

警護の士達が走寄ろうとする時、幔幕の一部を切落して再び四五人の尾張武者が乱入してきた。

「駿河守殿に見参！」

「義元公、見参仕る！」

口々に名乗りかけつつ踏込んでくる。狼狽した近習の面々浮足立つ、その時既に先の尾張武者はもう一槍義元の腿へつけていたが、いま乱入してきた一人が、

「服部小平太に候、見参申す！」と名乗って駈寄るのを見ると、さっと槍をひいて退り、

「雑兵は拙者ひき受けた、首掻かれい」と小平太に云って自分は必死に防戦している警護の士達の方へ向った。すると長巻を以て薙ぎたてていた武者も、槍に倣ってさっと遠退いた。

この間に小平太は義元に迫って鋭く斬りつけた。先に一槍つけられてはいたが、義元もさすが聞えた勇将小平太の太刀を二度までひっ外すと、

「下郎！」と喚きざま小平太の膝頭を斬った。

「残念」呻いて横ざまに崩れる小平太、間もおかせず右から又一人、

「毛利新助秀詮！」と名乗って斬りかかった。

「応！」と立直ったが、最早義元は精根衰えていた。二三合あわせると、新助は太刀をすてて組み、押伏せて動かせず、鎧通を抜いて義元の下腹を三太刀まで刺した。

「八幡！」

義元は呻くと共に、新助の手頸へがっしと嚙みついたが新助は屈せず、鎧通を取直して義元の首を掻いた。

その時まで近習の武者達を相手に、新助の邪魔払いをやっていた先の名乗らぬ武者両名は、義元の首級があげられるのを見るや、さっと身をひいて、何処ともなく姿を隠した。

膝頭を割られた小平太は、件（くだん）の武者が自分より先へ義元に槍をつけていながら、むざむざ功を他人に譲って、自分は邪魔払いをひき受けたふしぎな振舞を思いかえした。

「はて何者であろう」

毛利新助が大音声に、駿河守義元討取りと名乗りをあげるのを聞きながら、服部小平太はしきりに頭を傾（かし）げていた。

戦はついに織田方の勝利であった。

数刻の後馬寄が行われた。

第一の功名として義元の首級をあげた毛利秀詮と、初の太刀をつけた服部小平太とが信長の前へ召された。秀詮が今川義元の首級を御前に直すと、信長は暫（しばら）くその面（おもて）を覓（みつ）めていたが、やがてはらはらと落涙しながら、

「昨日までは海道随一の名将と謳（うた）われ、天下号令の事を夢みられし貴殿が、今日はかく屍（しかばね）を野に晒（さら）し給（たも）う、真（まこと）に武人の運命は計りがたきものよ」と、生ける人に向える如く云った。

阿修羅（あしゅら）のような信長の日頃（ひごろ）を見慣れた老臣共は、この言葉を聞くと共に、一瞬戦勝の歓（よろこ）びを忘れて頭（こうべ）を垂（た）れた。

「新助か」やがて信長が顔をあげた。

「義元公討取り、今日筆頭の手柄だ、誉めとらすぞ」

「は、面目至極に存じまする」

「また、服部小平太は初太刀をつけし功、秀詮に次ぐ手柄だ、信長満足に思うぞ」

「恐れながら」

小平太は面をあげて、

「初太刀をつけましたは、私ではござりませぬ、実はそれを申上げたい為、かく御前を汚し奉ったのでござります」

「初太刀はその方でないと云うか」

審し気な信長。

「では誰だ」

「私共より先に二人の武者、一人は小具足に長巻を持ち一人は犀の角の一本前立うったる冑に、黒糸縅の鎧を着し大身の槍を持って義元公に迫り、二槍まで強かに義元公を刺しましたが、ふしぎや名乗らず、しかも私が駈けつけまするとと槍をひいて」

と小平太が精しく語った。折角つけた槍をひいて功を譲り、自分は邪魔払いに退いてしかも名乗らぬふしぎな武者、

「誰だその武者の顔見知らなんだか」信長は急きこんだ。

「残念ながら眉庇深く、ついに誰とも見分ける暇なく、両名はいずれかへ身を隠してしまいました」

「心得ぬことをする奴」と信長が眉を寄せた時、傍から、

「申上げまする」と木下藤吉郎が進み出た。

「唯今服部殿の申される二人づれの武者、故あって私が引留めおきましてござります。一人は小具足に長巻を持ち、一人は黒糸縅の鎧に犀の角の前立ある冑、槍をとって、冑首七八級をあげた勇士、何故か名乗らず、しかも必死を期して共々に討死せんず有様故、取敢えず手許に留めおいてござります」

「召連れい、その二人、これへ」信長は言下に云った。

藤吉郎は立ってその場を退ったが、待つ程もなく二人の武者を引連れてきた。遥にさがって平伏する両名、信長は手をあげて、

「近う寄れ、許す、近う！」藤吉郎は二人をずっと前へすすめた。服部小平太ひと眼見るより、

「おお、あの両人に相違ございませぬ」と云った。

下座で兜を脱った二人は、静かに進んで両手を下した。信長は先ず一人を見て頷き

頷き云った。

「やはりその方、平九郎だったな」

「は――」

「でかした、よく参った」

「は」平九郎は溢れ出る涙を抑えながら、

「御勘気の身の、お赦しもなきに、恐れ気もなく戦場を犯し奉り」

「云うな云うな」信長が遮った。

「赦しなき身なればこそ名乗らず、大将討取の功をむざと他人に譲ったこと、それだけにて立派な申訳ぞ、それでなくとも今度の戦は信長一期の大事、勘当を押しての出陣当然のことじゃ、信長は嬉しく思うぞ」

平九郎はうち伏して返す言葉もなかった。やがて涙を押拭って面をあげると、

「恐れながら、いま一人押してお赦しを願う者がございます」

「うん！」

平九郎はふりかえって、傍に平伏している武者を示し、

「妻、若菜めにございます」

「や！」

黒髪を引結んで男の装（なり）、甲斐々々（かいがい）しい身支度ながら、さすがに羞（はじらい）を含んでふり仰ぐ若菜の顔を、それと見るより信長は、

「や、若菜、若菜か」と云って床几（しょうぎ）を立った。

「御機嫌（ごきげん）うるわしゅう」

涙さしぐんで見上げる若菜、信長は暫しその顔を覓めていたが、やがて声高くからからと笑いだした。

「や、平九め、やりおったな、夫婦づれして戦場に暴れるなんど、憎い奴め、ははは」

その笑いにつれられて、旗本の諸人一度にどっと歓呼の声をあげた。

雷鳴去り、雨はれ、黒雲散って漸く（ようや）黄昏（たそがれ）の静けさ近き田楽狭間（でんがくはざま）に、そのどよめきは明るく力強く、朗かに響きわたって行った。

違う平八郎

一

永禄十三年（一五七〇）正月元日、尾張国清洲城は、祝賀の宴で賑わっていた。

東海の雄今川義元を田楽狭間に屠ったのが二十七歳、それ以来斎藤龍興を降し、近江十八城を抜き、征馬を駆って摂津、河内を蹂躙した織田信長は、威勢ようやく天下を呑むの時期にあった。

――殊に前年の冬、伊勢の北畠具教を攻破った後のことで、年賀の宴はそのまま勝戦の祝いをも兼ね、城内は歌舞歓声にどよみあがっていた。

館の大広間でも酒宴当に酣で珍しく奥方や侍女たちを侍らせた信長は、機嫌よく盃を挙げながら列座の諸将士の語る伊勢合戦の功名談を聴いていた。

――祝宴は無礼講になり、みんな充分に酔って来ると、手柄話はいつか戦場の失敗談に移り、一座は明朗な笑声に崩れ始めた。

すると丹羽五郎左衛門が、

「そういう話なら拙者に取って置きの珍物がある。我君、……お座興に家来を一名これへ召寄せとうございますが、お目通りお許し願えましょうか」

と仔細あり気に云った。五郎左衛門が折に触れて意表外な笑の種を撒くことはみんな熟く知っている。

「宜し宜し、無礼講じゃ、呼ぶが宜い」

信長も興ありげに頷いた。

五郎左衛門は立って行ったが、間もなく一人の若者を伴れて戻った。――二十一か二であろう、瘦形ではあるが骨組の逞しい体つきで、髭の剃跡の青々とした、眼の大きな、凜とした面魂を持っているが、こうした晴れの席には馴れぬとみえて、どうやらぶるぶると胴震いをしている様子だった。

「――申上げます」

五郎左衛門は妙な含笑いをしながら、

「これは五郎左が伊勢攻めの前に召抱えました者でございます、恐れながらお言葉を賜わりまするよう」

「どうするのだ」

「先ず、お言葉を……」

信長は盃を手にしたまま、含笑いをしている五郎左から若者の方へ眼を移した。

「余が信長じゃ、許す。面を挙げい」

「は、――」

「名は何と云うか」

若者は平伏しながら、

「お側まで申上げます、本……本多平――」

「直答で宜い、判きりと申せ」

「は、――」

若者はさっと顔を蒼くしながら、

「本多、本多平八郎と申します」

「なに本多平八郎とな？」

信長は眼を瞠った。

――本多平八郎と云えば酒井、榊原、井伊と並んで徳川家の四天王と呼ばれ、当時天下に隠れなき豪雄の士である。列座の人々も驚いて一斉に眼を向けた。若者はその様子にひどく慌て、急きこんで吃りながら、

「否え、否え、それが、あれでございます、否やあれでは無いのでございます」

「あれで無いとは何だ」

「その、あの、あの豪傑の本多平八郎では無いので、違う方の平八郎でございます、全く違う方の……」

「わはははは」

破れるような哄笑がどっと広間に溢れた。

「はははは」

信長も思わず笑って、

「そうか、違う方の平八郎か、面白いな、豪傑でない方の平八郎とは奇妙だ」

「わははは」

「あっはははは」

いちど蒼くなった若者の顔が、今度はぽっと赧くなり、何やら口の内でぶつぶつ呟きながら隅の方へ身を縮めて行く、すっかりあがったその恰好がまた笑を誘う種であった。

これが別の場合であったら、こんな結果には成らなかったかも知れない。何しろ勝戦の祝いを兼ねた賀宴の無礼講ではあり、さっきから戦場の失敗談で一座の空気が明るく崩れているところへ、若者の挨拶がひどく場馴れのしない取乱したものだったので、人々は唯もう腹を抱えて笑って了ったのである。

「——五郎左」

やがて信長は振向いて、

「まだ新参とか申したな」

「は、伊勢攻めの折に召抱えました者で」

「徳川の四天王、鬼平八と同名なれば戦いの程もさぞ眼覚しかったであろう」

「それがまた実に」

「暫く、どうぞそればかりは」

若者が驚いて五郎左衛門の言葉を遮った。然し此方は構わずに膝を進めた。

二

「拙者の持場は灘野口でございましたが、合戦が終って馬を戻して参りますと、柏の木戸の空壕の中に、頭から枯草を被って震えている者がございました。——敵か味方か分らず、二度三度声をかけますとようやく出て来ましたのがこれで、——どうしたのだ。

と訊きますと、吃驚したように四辺を見廻しながら、

——もう皆行きましたか。

と申します、もうみんな行って了いましたかと……」

「何だそれは、さっぱり分らんぞ」

「拙者にも解せませんでした、熟く訊ねてみますと、もう合戦の初めに胆を潰して、空壕の中に隠れていたのだそうでございます」

またしてもどっと笑声があがった。

「無類の臆病だな」

信長は盃を措いて云った。

「平八郎、顔を見せい」

「……はっ」

「許す、余の眼を熟く見るのだ」

平八郎は額にじっとり汗を滲ませながら、恐る恐るその眼をあげた、——信長は眦の切上った鋭い眼で、暫くのあいだ射抜くように若者の顔を見めていたが、やがて、

「——五郎左」

と振返って云った。

「この平八郎を余にくれぬか」

「それはまかり成りませぬ」

五郎左衛門は驚いて、

「これが適れお役にたつべき勇士ならば、悦んで御意に順いまするが、斯様な臆病者をお側へ差上げ、万一御威光に関わるような失態を致しましては」

「いや、勇士豪傑なれば余の旗本に幾らでも居る、余はこの男の臆病なところが気に入ったのだ、天下の鬼平八と同姓同名を持ちながら無類の臆病者だというところが面白い。是非余に譲ってくれ」

「それ程の御懇望なれば……」

「宜し貰ったぞ」

信長は持前の気早さで、

「平八郎、その方は唯今から信長の直臣だ、――近う参れ、盃を取らすぞ」

「………」

「遠慮に及ばぬ、近う」

急きたてられて、平八郎はなかば夢心地に膝行した。――信長は盃を与え、平八郎が押戴いて口へ持って行こうとした時、

「平八、それは主従の固めであると共に、唯今から臆病を許す盃だぞ、その方だけは臆病御免だ、強くなれとは云わぬぞ、宜いか」

「……は」

「許す、その盃を乾して戻せ」

実に型破りの情景であった。

さっきから一座の笑いどよめく中に、唯一人だけ微笑もせず、昵と平八郎を見戍っている者があった。――それは上段に並んだ婦人たちの中の一人で、切長の眼の艶やかな左の唇尻に黒子のある鮮かに美しい乙女である。衣裳や髪容の高貴さが示す通り、これは信長の夫人の妹であった。

信長の夫人は美仍姫と云って、美濃の斎藤道三の娘である。彼女は美仍姫の妹で寧々と呼び、父道三が亡んだ時信長の許へ引取られたものであった。――姉の美仍姫も美人で評判だったが、寧々は容姿が姉まさりであるばかりでなく、気性も強く、薙刀と馬術にかけてはなまなかの若侍など遠く及ばぬ腕を持っていた。

平八郎が盃を貰うまで、眸子をとめて見戍っていた寧々は、やがて静かに起って奥へ去った。

「お寧々さま、どう遊ばしました」

侍女の村尾が追って来た。

「御気分でもお悪いのでございますか」

「あのような席にはいられぬ。構わないでおくれ」

「それでも御年賀の席をお外し遊ばしては悪しゅうございますもの、もう暫くで済みましょうから、我儘を仰せられず……」

「我儘ではありません」

寧々は足早に自分の居間へ入って、くるりと侍女の方へ振返った。眉があがっている艶やかな双の眸子は泪を含んでいた。

「さっきからの狼藉な有様、そなたは見ていて何と思った。――如何に無礼講の御酒宴とは云え、人の弱味を慰みものにして嘲笑うという法がありますか」

「まあ、あれがお気に障りましてか？」

「どんなに寛いでも武士には武士の作法がある筈、身分の軽い新参者だからと云って、座興の種に笑い辱めるなどとは、殿も列座の人々も情を知らぬ卑怯者です」

「あれ、そんな高いお声で……」

「卑怯者です、情知らずの野人です」

寧々は唇を顫わして叫んだ。――葩をこぼれる露のように、長い睫を伝ってはらはらと泪が溢れ落ちた。

三

少しばかり派手な名披露目であった。

なにしろ強いという事が人間の値打をきめる時代に、臆病でお取立になるというのは桁外れである。もしこれがそのまま無事にゆくとしたら却って不思議と云わなければなるまい。——平八はお庭廻りとして信長の側近く仕えることになった初めの日に、早くも自分が困難な立場に置かれたことを知らされたのである。

彼の役目は信長の館を警護するもので、毎日館の庭へ詰めるのであるが、お取立になって初めてお役に就いた日、お厩口のところで向うから来た二人伴れの武士と出会った。同役の人たちとは大抵もう紹介されているが、その二人は顔を知らないので目礼したまま行過ぎようとすると、

「あいや、失礼ながら御意を得たい」

と一人が近寄って来た。

「拙者は御旗本にて室橋辰右衛門と申す者だが、このたび新規お取立になったのは御

貴殿でござるか」

「申後(もうしおく)れました」

平八郎はいきなり声を掛けられたので、はっとしながら腰を踞(かが)めた。

「如何にも拙者はお庭廻りとしてお召出しに与(あずか)った本多平八郎でござる」

「なに、本多なんと仰有(おっしゃ)る？」

「平八郎、本多平八郎でござる」

「やっ――？」

相手はやっと云って口と眼を大きく明けた。

「き、貴公が、貴公があの」

「否や、い、否や違います」

平八郎は慌てて手を振りながら、

「あれではござらぬ、あの豪傑の本多平八郎ではないので、違う方の本多平八郎でござる」

「あはあ……なる程」

相手はにやりとした。

「豪傑でない方の平八殿か、豪傑でない方とすると弱い方でござるな、ふむ、つまり弱い平八郎という訳か、――なる程、それでは伊勢の戦で空壕の中で草を被って震えていたというのは貴公だな」

「それには、実は、その、些か仔細があるので」

「面白い、その仔細を聞きたいな」

「然し、……だが、――いや、申しますまい」

「どうして云われぬ」

「申上げても分って頂けまいから」

心弱くも眼を伏せる平八郎を、相手は嘲るように見下して、

「左様さ、戦場は武士の屍を曝すべきところと、幼少の頃より覚悟する我等には、臆病未練の仔細を聞いても分る筈はあるまい、――お邪魔を仕ったな、違う方の平八郎殿」

声高く笑いながら二人は去って行った。

祝宴の席に次ぐこの出来事が、城中に於ける平八郎の位置を決定して了った。それ以来というものは取代え引代え同じような問答に悩まされるのである。もし彼がもっと世馴れているか、有触れた勇士豪傑の類であったら、こんな非運を打開するのは造作もないことだったろう。けれど彼の心はもっと純真であった。つまらぬ俗物たちに

嘲弄されるほど隙だらけな真実をもっていたのだ。

大庭の梅林が満開を過ぎた一日、お庭廻りをしていた平八郎は、泉亭の下のところで五六名のお側小姓たちに取巻かれた。――織田の荒小姓と云われるくらいで、年はまだ十五六から七八までだが腕節の強い、鼻息の荒い連中である。

「ああ暫く、暫く待たれい」

少年のくせに頭から横柄なのは、云うまでもなく君寵をかさに衣ているのだ。

「今度新しくお庭廻りに召立てられたのは貴殿ではないか」

「如何にも――」

平八郎は又かと思った。その顔を小意地の悪い眼で見めながら、年嵩の一人がのし掛るような調子で云った。

「聞けば元、丹羽長秀殿の家臣、つまり陪臣であったものを、新たに御直参としてお召出しになったそうだが、伊勢合戦には余程の手柄をおたてなすったのだろうな」

「我等寡聞にして――」

と次の一人が畳みかけて、「一向にその次第を存ぜぬ、後学のため手柄の様子を承りたい」

「一番槍か、一番首か、それとも一番乗りか精しくお話し願おう」

ごくりと唾をのむ平八郎の様子を見て、彼等の態度は益々傲慢になった。

「さあお始めなさい、御謙遜には及ばぬ」

「我等も幸運にあやかりたい」

「お聞かせ願おう」

「それとも小姓などに手柄話はなさらぬというお積りか」

「それなら我等にも覚悟がある」

「決して、――」

平八郎はもう頬を赧くしていた。「決して左様な訳ではない。手柄と申したところで、実は、いや、お話し申す程の事もなく」

「話す程の事もない――！」

小姓たちは押返して、

「一番槍も一番首もないというと、では兜首の二三級と云うところか」

「それとも又……」

図に乗って詰寄ろうとした時、

「お止め！」

と鋭く遮りながら、一人の美しい姫が小姓たちと平八郎のあいだへ入って来た。

——お寧々様である。眉が吊り、濡れた黒玉のような双の眸子は怒りに燃えていた。

「そなた達は何事です、まだ前髪の分際で世間の噂を聞嚙り、相手の温和しいのを好い事に嘲弄するとは見下げ果てた仕方、——さ、お詫びを申して此処をお下りなさい」

「——は」

如何に荒小姓でもお寧々様には手も足も出なかった。年嵩のがぺこりと低頭するのにつれて、みんな一つずつお辞儀をしながら逃げるように去って行った。

お寧々はそれを見送ってから、

「本多さまと、仰有いますのね」

と静かに振返った。

——平八郎は相手が何者であるかを知らない。けれど言葉の調子から考えて凡その身分の見当はついた。

「は、本多平八郎、あの豪傑ではなく違う方の本多……」

「お待ち遊ばせ」

お寧々はきっと遮った。

「なぜそんな断りを仰有いますの？」

「はあ、それは、あれなのです」

「元旦の祝賀の折にも、わたくし上段に侍っていて伺いました。どうしてそのように一々お断りなさいますの、他に何千何百人の本多平八郎がいようと、貴方のお名が本多平八郎ならそんな断りを云う必要は些しもないではございませぬか」

「――仰せの、通りです」

平八郎は耳まで赤くしながら云った。

「それは仰せの通りなのです。けれど……徳川家の豪傑、天下の鬼平八郎と間違えられはせぬかと思うと、つい断らずには」

「そんな弱い心で立派な武士が……」

男勝りの寧々はきりきりと唇を嚙んだが、相手の恥ずかしそうな顔色を見ると詰るような口調を急に変えて、

「まあ此方へ来てお掛け遊ばせ」

と自分から先に泉亭へ入って行った。――そして平八郎が来て腰掛へ掛けるのを待って云った。

「貴方は伊勢の戦に、空壕の中で草を被っていたと聞きましたが、わたくしにはとても信じられませせぬ。本当なのですか」

「不甲斐ないことですが、本当です」

「そんなに貴方は命が惜しいのですか」

「そうではないのです。否や、そうでないと云っては嘘かも知れません。……お話し申上げたいが、聴いて下さいましょうか」

そう云って振向けた彼の眼は、母に縋る幼児のような切ない色を湛えていた。――寧々はその眼を抱緊めるように受けて頷いた。

「拙者は飛騨国大野郡で生れました」

と平八郎は静かに話しだした。「家は数代伝わる郷士で父は本多市正と申します。祖父は平八郎と云って北条氏康の旗下に豪雄の名を挙げたとか、それにあやかるようにと父は祖父の名を拙者に付けてくれました。――拙者もかく戦国の世に生れたからは、適れ戦場に高名手柄をたて、一国一城の主に成りたいという野心に変りはなく、幼少の頃より武道専一に励んで参りました。そして……自分の口から申しては恥ずかしゅうござるが、武士ひと通りの腕は鍛えあげたと思います。けれど初めて故郷を出で、伊勢の戦に臨みましたときに、思いも懸けぬ事が起って了いました」

「思懸けぬ事とは――?」

「故主丹羽殿の陣場は灘野口でございましたが、合戦の始まると共に拙者は前へ前へ

と馬を進めました。そして好き敵もがなと馬上に伸上りながら、

――我こそは本多平八郎……。

と名乗ったのです。すると城兵の中から三瀬入道、大河内教通などという名だたる勇士の人々ばかり七八騎、

――本多平八郎とは好き敵ぞ、我こそ相手にならん、我こそ首を挙げん。

と槍を揃え殺到して来たのです」

平八郎はぶるっと身震いをした。――恐らくその時の凄じい光景を思出したに相違ない。それからひと息ついて続けた。

「なにしろ此方は全くの初陣です、あ、徳川の本多平八郎に間違えられたな！　と気がついたとたんに、何とも云えぬ怖ろしさで身が竦み、我を忘れて逃げだして了いました」

「そのお気持は熟く分りますわ」

「今でも眼に見えます、――その時の彼等の勢と云ったらなにしろ天下の鬼平八郎と思っているのですから、首を挙げれば千石の手柄とばかり、無二無三に突進して来るのです。それは実に千匹の悪鬼が押寄せるかと思われて、……逃げたのも全く夢中でした」

平八郎はぐっと下唇を嚙んだ。

四

お寧々には男の悲しい運命が熟く分った。そして勝気であるだけに愛情もまた一倍な乙女の心は、不思議な力で平八郎の方へ烈しく惹かれるのを感じた。

——お可哀そうに。

そう云ってやりたかった。

元旦の祝宴で初めて彼を見て以来、その肩幅の広い逞しい体つきや、濃い一文字眉や、世俗の垢に染まぬ凜とした眼を、ふとすれば眼前の幻に描く自分に気付いて、人知れず頰を染めることさえあったのである。

「ようこそお話し下さいました」

寧々は容を正して云った。

「世間の者がなんと云おうと、わたくしだけは貴方を唯の臆病者とは思いませぬ、貴方が戦場をお逃げになったのは徳川の本多平八郎殿と間違えられたからでございますわ、——けれど——平八郎さま、こうお考え遊ばすことは出来ませんかしら、天下に本多平八郎は御自分独り、他にあればそれこそ貴方の偽者だという風に」

「――はあ、……」

「貴方は日本の弓取、織田信長公の御直臣ではございませぬか、鬼平八郎殿が豪勇でも、貴方に比べれば三河の小大名の家来、貴方こそ威張って本多平八郎と名乗れる筈です」

「そうも、思う事は、思うのですが」

「弱いお心ではいけませぬ、貴方はいま御自分の心にある幽霊のために怯えているのです、自分は徳川の本多ではない、違う平八郎だと思う、その弱い心が幽霊になって貴方の心を挫くのです。平八郎さまその幽霊をお捨て遊ばせ。本多平八郎は我一人、我こそ天下唯一人の平八郎とお思いなさいませ。出来ます、必ず貴方には出来ますわ」

平八郎は伏せていた眼をあげた。その眼の底に光りはじめている力を見て、お寧々は思わず平八郎の手を握りながら云った。

「寧々は信じておりますわ、平八郎さま。貴方は織田家随一の大将に成る方です。寧々の良人は一国の主たるべき方です！」

「――あっ」

あっと云って立上る平八郎の前を、お寧々様は耳まで紅に染めながらすり抜けるようにして走り去った。

然し平八郎を驚かしたのは「良人」という言葉ではなくて寧々というその名であった。身分ある姫とは思っていたがまさか寧々姫とは思いも及ばなかった。美濃尾張かけてその美しさと男に勝る女丈夫で知らぬ者なき寧々姫、――その人がいま自分の前にいたのだ。その人が自分の手を執って、

「――ああ」

平八郎は畏れとも悦びともつかぬ歎声をあげた。

姫は彼のことを織田家随一の大将となるべき人間だと云った。あの時の柔かい、熱い指に籠められた力は、まざまざと血のなかへ浸入って離れない。そして更に――自分の良人たるべき者は一国の主と。

「そうだ！」

平八郎はぐっと空を仰いだ。

「己は天下に唯一人の本多平八郎だ、それで宜いんだ、他に平八郎はいないんだ、己こそ本当の本多平八郎だ、……鬼平八郎とはこの、――この己の、……此処にいる己が」

眼は挑みかかるように空を睨上げたが、そう決心するあとからくたくたと気は挫けて行った。平八郎は己独りと思切るには、余りにかけはなれた相手である。――徳川家に於ける本多忠勝は、十三歳の初陣以来、戦って功を成さざることなく、井伊、榊原、酒井と共に四天王と呼ばれて雷名隠れなき勇将である。それに比べて此方はどうだ、……此処に立っているこの自分は、どうだ。

「これは、無理だ、到底この己には……」

「何をしておる、平八！」

不意に耳許で呼ばれて平八郎は思わずはっと跳上った。――見ると、侍女二名を伴れて信長が立っていた。

「あ、こ、これは上様」

「今更慌てても仕様がない。いま此処で何者と密談しておったのだ」

「別に、決して、その密談などという」

「隠しても駄目だ」

信長の大きな眼は鋭く光っていたが、その唇は微笑を含んでいた。

「戦場では臆病なくせに、こんな方面は馬鹿に達者ではないか、うん？」

「それが、まるで違いまする、つまり」

「云訳は聞かぬ、奥庭で女子と密会するなどは固い法度だぞ。然しまあ宜い、その勇気があれば結構だ、近いうちに越前へ攻下る。その方には留守をさせようと思っていたが、その勇気に賞でて軍陣の供を許すぞ」

「――は、それは忝のうございます」

「なんだ、もう震えているのか」

信長は声高く笑いながら云った。

「そんなことではとても寧々を妻には出来ぬぞ、狙っている猛者が降るほどいる事を忘れるな」

五

永禄十三年四月(同月二十三日改元して元亀となる)、織田信長は自ら征馬を進めて越前に下り、朝倉義景の金ケ崎、天筒の二城を取囲んだ。――この二城は要害堅固の地で、土地不案内の寄手は苦戦必至と思われたが、木下秀吉、明智光秀の両智謀を集めて奇策を建て、それが見事に功を収めたため両城僅に二日で陥落せしめた。

平八郎は信長の幕下にあって金ケ崎城に掛っていた。

——今度こそはひとかどの手柄をたてるぞ、臆病者の汚名を雪いで、立派にお寧々様の出迎えを受けるのだ。

堅く決心していた彼は、金ケ崎城大手掛りに詰め、合戦の到るや遅しと待構えていたが、天筒の城を攻破って木下、柴田勢の合すると共に、総攻を開始するその陣頭へ、猛然と馬を煽って突進したのである。——それまではよかった。ところが城中から朝倉景恒が手勢二千を率いて斬って出るや、忽ち凄じい白兵戦が展開し、平八郎はその渦の中へ巻込まれながら、

「やあやあ、我こそは尾張国にさる者ありと知られたる本多平八郎……」

と声高く名乗りかけた。

——すると敵の人数はどよみあがって、

「おお本多平八郎とは好き敵ぞ」

「我こそ見参」

「我こそ相手にならん」

口々に喚きながら、兜武者七八騎を先頭に二十騎あまりがだあっと寄せて来た。

——その凄じいこと、平八郎は慌てて馬上に伸上り、槍を高くあげながら、

「やあ急くな急くな、本多平八郎には相違ないが、あの有名な鬼平八郎ではないぞ、

豪傑平八郎ではなく別の平八郎だ。唯の本多平八郎だぞ、間違って後悔するな！」

合戦の最中に、但書付きの名乗をあげるとは奇天烈である。——一所懸命に叫んだが、分る道理はない。むやみに「本多平八郎鬼の平八郎」と云うように聞えるから、敵軍の名ある勇者たちは孰れも相手を捨てて、

「心得たり本多平八郎、見参せん」

「退くな平八郎」

「我こそ相手ぞ」

先を争って殺到する。

——駄目だ、彼等は間違えている。

そう思った刹那！　平八郎は骨の髄から寒気だち、夢中で馬首を廻すと遮二無二そこから逃げだして了った。——そのまま彼の姿は戦場から消えたのである。

金ケ崎城が陥落して、戦捷の馬寄が行われた時、先ず信長が彼のいないことを発見した。

「総攻の時たしかに先陣を馳駆していました」

見かけた者はないかと調べさせると、

と云う者が二三人あったし、また、

「いや、なんでも拙者は豪傑の平八郎ではない、違う平八郎、唯の平八郎と頻に断っ

ているのを見かけました」

と申出た者がある。

「唯の平八郎か、わはははは」

周囲にどっと笑声があがった。

——信長も苦笑しながら、

「適れな臆病振りだな、またその辺に隠れているのであろう、誰か捜して参れ、——もう大丈夫だと云ってな」

再び廻りに笑声が起った。

一刻ほど後、丹羽長秀の手の者が、戦場からずっと離れた藪の中に、馬の首へ獅噛みついて震えている平八郎を発見して伴戻った。信長は——悄然として現われた平八郎を見ると床几から立上って、

「どうした平八」

と笑いながら声をかけた。

「貴様、合戦のさ中に断りを云っていたそうではないか」

「はい、なにしろ」

平八郎は泣きそうな顔で、「その、先方が、どう断っても、徳川の平八郎と間違え

ますので、それで拙者にしましても、また先方にも迷惑であろうと」

「斬るか斬られるかという必至の場合に迷惑もくそもあるか」

「それは、考えてみれば御意の如く」

「まあ宜い、考えてみるに及ばぬぞ、貴様のいるお蔭で戦の凝がおちる。合戦が陽気になっていい、――初めから臆病は許してあるのだ、これからも精出して臆病を稼げ」

三度わっと笑が爆発した。

六

金ケ崎、天筒を抜いた織田軍は、更に進んで朝倉義景の本城、一乗谷に迫ろうとした。――ところがその時、清洲から驚くべき報知がやって来たのである。――使者は三名、然も意外なことにはその中に男装の寧々姫がいた。

「馬鹿なことをする」

幕営へ使者を迎えた信長はお寧々の姿をみつけて眼を怒らせた。

「戦場は女の遊び場ではないぞ」

「お叱りは後に頂きまする」

お寧々は長い羈旅の後ともみえぬ冴え冴えとした眼に、強い意志の光を見せながら云った。

「上様の御運の興廃に係る大事なおしらせ、老臣共の諫を押切って使者に加わりました。直ちに兵を纏めて御帰国遊ばしませ」

「なに、帰れと云うか」

「近江の浅井長政が旗挙を致しました」

「…………」

「六角義賢も共に上様の退路を截って、越前軍と挟撃の策をめぐらせております」

信長はさっと顔色を変えた。浅井長政とは姻籍関係にある、即ち長政の妻は信長の妹であった。そればかりでなく両者は国境を接して常に唇歯輔車の好を保って来ていたので、この突然の警報は遒の信長をも愕然とさせた。

金ケ崎、天筒は屠っても朝倉義景はまだ一乗谷に拠って、隙あらば反撃しようと牙を研いでいる。此処でもし浅井、六角が背後に起つとすれば織田軍の運命は逆睹し難きものになろう。信長は即座に心を決めた。

「宜し、潔く退陣しよう」

と床几から立つ。

「池田、木下、柴田、佐久間を呼べ」

「——上様」

お寧々は退ろうとしながら、

「平八郎殿は御無事でございますか」

「平八……」

信長は振返ったが、

「そうか、お寧々は平八に会いたくて来たのだな、余の軍を気遣って来たと申したのは嘘だったのか、ふといやつめ」

「勿体ない、さ、左様なことが……」

艶やかに匂うような汗の浮いた顔がさっと赤く染った。

——信長は笑って、

「云訳なら聞かずとも宜い、遠路の使に賞でて、許してやる。行って会って来い」

「あの、お許し下さいますか」

「誰ぞ平八を呼んで参れ」

側近の侍が走って行った。

――そこへ、柴田勝家、池田信輝(のぶてる)、木下秀吉(ひでよし)、佐久間信盛(のぶもり)らが走り集って来たので、お寧々はそっと幕営の外へ出て行った。

捜しに行った侍は間もなく戻って来た。そして平八郎が何処(どこ)かへ身を隠した事を告げた。

「身を隠したとは……？」

お寧々は恟(どき)りとして、

「まさか脱走したという訳ではあるまいね」

「それがどうもそうらしいので」

「そうらしいとは？」

「武具、旅囊(りょのう)、馬、なに一つ残っておらず、何処へ行ったか誰も知る者がございませぬ、命なくして持場を離れることは軍令に反(そむ)きますゆえ、恐らくは……」

お寧々はきっと唇を噛んだ。

――遅かった！

正に遅かったのである、平八郎はお寧々が使者の中にいるのを見たのだ、そして彼はそのまま陣営から逃出して了(しま)ったのだ。

信長は越前攻略の軍を収めて還った。

朝倉、浅井、六角を相手に、運命を賭しての合戦を始めるのだ。信長は三河の徳川家康に援軍を乞い、兵備を革めて一大決戦の態勢をととのえた。——これが有名な姉川の役で信長の生涯を通じての最も苦戦した戦であり、同時にまたその天下に於ける覇権を確実にしたものであった。

信長の兵は凡そ二万三千、徳川家康は凡そ五千の兵を率いて西上、姉川南岸に陣した。——これに対して浅井長政は兵八千、越前よりの援軍朝倉景鏡の兵一万余騎で、兵数は遥に劣っていたがその意気は恐るべきものがあった。……戦は極めて機微の裡に進退していたが、遂に元亀元年六月二十八日の払暁織田軍の先鋒が姉川を渡って迫るのを合図に、決戦の幕は切って落されたのである。

七

戦の第一段に於て朝倉勢と鉾を交えた徳川軍は、川を挟んで攻防相半ばしていたが、第二段に移るや遽に朝倉の反撃鋭く、徳川の陣は見る見る崩れたって将に家康の麾下も危く見えた。——同時に一方では、浅井軍の勇将磯野員昌は手兵千五百を提げて殺到、信長の先鋒坂井政尚を撃破し、池田信輝を破り、更に第三第四の陣を粉砕して殆ど信長の本陣を侵さんとした。その時である、槍足軽の一人が、不意に信長の前へ進んで、

「上様、御安堵遊ばせ、拙者が居ります」

と槍を伏せて云った。

「——誰だ」

「私でございます」

と云うのを見ると、意外にも越前で失踪した本多平八郎である。信長は驚いた、驚くと共に呆れた。

「その方、平八ではないか」

「は、——あれ以来、森様の槍足軽として、恐れながら御馬前を守護しております。何事が起りましょうとも平八存命の限りは御安堵遊ばせ」「安堵しろと申して——」

信長は思わず苦笑しながら、「余は別になんでもないが其方は大丈夫なのか、見れば震えている様子ではないか」

「い、否え、大丈夫でございます」

「はははは」信長は甲高く笑った。

「宜し宜し、よく出て参った、心配する要はない、戦は勝に極っておるのだ、出ると危いからその方は此処にいて見物せい」「いや、いや然し」

「見ろ見ろ、池田めが盛返すぞ」

信長は鎧の袖をはねて立上った。

徳川軍もようやく勢を挽回し始めた、織田軍も憤然反撃を開始した。そして榊原康政が川を渡って朝倉の側面へ奇襲の突撃を敢行したのが勝敗の分れ目となり、浅井、朝倉の陣営はようやく頽勢に陥った。既に大事畢ると見たものであろう、浅井長政の麾下にその人ありと知られた遠藤喜右衛門直経は、手兵五十騎と共にまるで一陣の突風の如く、

「四位殿に見参――」

とばかり信長の幕営めがけて突込んで来た。必死不帰の肉弾である、あっと見る間に遮る者を蹴散らし突伏せ、悪鬼の如く殺到した。――するとその時、右手にあった徳川の陣から、黒糸縅の鎧に鹿の角の前立うった兜を衣て、槍を抱込んだ荒武者が一騎馬を煽って乗りつけながら大音に、「やあ珍しや喜右衛門、三河国の住人本多平八郎忠勝これにあり、相手は我ぞ退くな」

と名乗りかけた。――それを聞いたとたん、今まで信長の側に震えていた平八郎

は、いきなり跳上ると、

「我君、御乗馬拝借！」叫びざま、信長の愛馬、利刀黒(りとうぐろ)の駿足(しゅんそく)に飛乗って驀地(まっしぐら)に駆って出た。

不思議でもなんでもない、本多忠勝という名乗を聞いた刹那！　彼の血は初めて烈火の如く燃上ったのだ。今日までの屈辱、人の嘲り(あざけり)、みんな鬼忠勝がいるためであった。同じ名の彼さえいなければ、これほどの恥を受けずとも済んだであろう。——畜生、到頭(とうとう)めぐり会ったぞ。

平八郎は切歯(はぎしり)した。——貴様のために、己は今日まで世を忍んでさえいたのだぞ。違う平八郎、弱い平八郎と蔑(さげす)まれて来たのもみんな貴様がいたためだぞ。——だが、今日こそ己は自分になれる。今日こそ貴様に間違えられる心配はないんだ。見ておれ！　心の内に叫びながら馬腹を蹴って乗りつけると、喉(のど)も裂けよとばかり、

「やあ、遠藤喜右衛門よく承れ、我こそ織田四位殿の家臣にて臆病御免と云われたる本多平八郎依次(よりつぐ)なり、その首他人にはやらぬ、参れ——ッ」と名乗りかけた。——臆病御免というのは珍しい、喜右衛門も驚いたが、先に出ていた本多忠勝はいきなり自分と同姓同名を名乗られたので、はっと手綱を絞りながら振返る、……その鼻先を、

だあっと疾風のように駆けぬけた平八郎、全身これ弾丸という勢で喜右衛門直経の真正面へ突っかけて行った。

喜右衛門は馬首を廻らせて避けようとしたが、平八郎はその隙を与えず、馬もろ共に凄じい勢で体当りをくれた。あっと見る間に、馬も人も縺合って顛倒する、むろん平八郎も二三間抛出されたが、神速に跳起きると、そのまま喜右衛門に飛掛って、「えいッ」とばかり組伏せ、相手の鎧徹しを抜きざま一太刀、二太刀草摺をあげて刺通した。

実に目叩く間の出来事であった。自分でも半ば夢中で、力弱る相手を押伏せたまま首を掻取った平八郎、やったやったと云いながらそれを太刀の尖へ貫いて起つ。馬を引寄せて飛乗るや、高くその首級を掲げながら、

「やあ、敵も味方も承れ」天にも届けと叫んだ、「浅井家の勇将遠藤喜右衛門直経は四位殿の家臣本多平八郎依次が討取ったるぞ、徳川家の本多平八郎ではないぞ、四位殿の家臣本多平八郎依次！」どうっと騰る味方の軍勢の賞讃の声の中で、平八郎は初めて高くその額をあげた。――今こそ彼は違う平八郎では無くなったのだ。織田家に本多平八郎ありという事をはっきりと世に示したのだ。

――遖れようこそ遊ばしました。お寧々様のそう云って笑う美しい笑顔が、振仰ぐ

空に歴々と見える。

――浅井、朝倉の軍勢は算を乱して敗走しつつあった。時に元亀元年六月二十八日午後二時。

あらくれ武道

一

——宗近新兵衛がものおもいに取憑かれている。

そういう評判が、近江ノ国小谷城の人々を仰天させた。

——あの鬼のような新兵衛が？

——あのあらくれが物思いか？

——それが本当なら、今年はなにか天変地異が起るぞ。

噂は城中から城外まで拡まり、聞くほどの人を愕かせ、また笑わせた。それは、宗近新兵衛がどんなに有名な存在であるか、そしてものおもいなどということが、どんなに彼と不似合であるかのよい証拠であろう。

新兵衛はそのとき二十六歳、身のたけ高く、筋骨たくましく、「相貌非凡にして千人の群のなかに在っても紛れのない人品骨柄」だったという。戦国の世のことだから剣槍馬術にぬきんでたことはいうまでもなく、殊に力が強くて二十人力は充分にあった。こう記してくると如何にも典型的な偉丈夫のようであるが、ただ一つだけ欠点があった。というのは、彼の鼻が大きくて、しかも左へ捻れていたことである。

もしも、新兵衛の顔がもっと平凡な、十人並のつまらぬ物であったら、それほど人眼につかなかったかも知れないが、なにしろ「千人のなかに在って紛れなし」と云われるずばぬけた人品だったから、その「大きくて左へ捻れた」鼻はひどく人の注意を惹いていた。どんなに勘のにぶい者でも、あっと云うくらいだったそうだ。じろじろ見ては失礼だと思うからいそいで眼をそらすものの、誰の顔にもかならず、

――みごとな物だな。

という表情があらわれる。どんな大人物でもじぶんの弱点に触れられて平気でいる者はない。新兵衛にはこれがどうにも我慢のならぬことだった。大抵のことは笑って済ませても、いちど鼻のことになるといけない、たとえ口に出して云わなくっても、ちょっと妙な表情をしただけでも二十人力が容赦なく暴れだす、待ても暫しもなかった。それで小谷城の人々は暗黙のあいだに、

――新兵衛の鼻を見るなら遠国するつもりで見ろ。

という不文の戒めがあった。

これでおよそ宗近新兵衛の風格は察せられるであろう。彼はずばぬけた人品と、豪

快な気質と、大きくて捻れた鼻と、すぐ暴れだす二十人力を持っている。そういう彼が、いみじくも、「ものおもい」にとりつかれたというのだから、世間が愕くのは当然であった。

小谷の城主浅井長政は、ひじょうに新兵衛を愛していた。それで噂が耳にはいってから、それとなく様子を見ていると、たしかに新兵衛の言語動作がふつうでない。顔色も冴えないし時々ほっと溜息などをつくのである。これは何事かあるに違いないと思ったので、

「新兵衛、近うまいれ」

と、あるとき側近の者を遠ざけて訊いた。

「そのほうなんぞ屈託があるか」

「はっ。それは、いかなる御意でございましょうか。わたくしには、解しかねまするが」

そう答えながら、ふしぎなことに彼は耳たぶまで真赤に染めてしまった。長政は驚いてそれを暫くみつめていたが、

「隠すことはないぞ新兵衛、主従は三世という、殊に余はそのほうを又なき家来と思っている。胸に余る屈託があるなら包まず申してみい、余の力でできることならかな

えてとらせる、どうだ」

「身に余る仰せ、かたじけのう……」

　両手を突き頭を垂れたが、新兵衛はそのまま黙ってしまった。見ると、鼻柱を伝って泪がぽろぽろと落ちている、……しかし鼻が左へ捻れているので、泪もしぜんその捻れているとおりにくねりくねりと曲って落ちるのは奇観であった。長政は思わずふきだしそうになったから、わざと声を励まして叫んだ。

「泣くとはなにごとだ、新兵衛。二十人力、小谷城のあ、ら、く、れ、と呼ばれるそのほう、どれほどのことがあろうとも泣くということがあるか」

「まことに、まことに恥じいり奉る」

　新兵衛は拳で泪を押しぬぐった。

「みれんな有様をお眼にかけ、なんともお詫びの申しようもございません。新兵衛せいねん二十六歳、このたびばかりは、おのれでおのれをいかんとも為すことあたわず、恐れながらまったく進退に窮しているのでございます」

「だからそれを申せというのだ、臣の喜びは主の喜び、悲しみ憂いもまたおなじだ、余の力で及ぶことなればかなえてつかわす、包まず申してみい」

「恐れいり奉る。かさねがさねの御意ゆえ、思い切って言上つかまつります。実は」

と云いさして、再び新兵衛の顔は、小鬢のあたりからみるみる赤く染まりだした。

二

長政はその夜、奥殿でお市のかたを相手に酒をのんでいた。

お市のかたは織田信長の妹で、永禄七年（一五六四年）にこの小谷へ嫁いで来た。心ざまのやさしいひじょうな美人で、すでに茶々、お初、小督と三人の娘があり、今またつぎの御子の産月がちかづいている。夫婦仲のむつまじさは下々にもこれほどのめおとはあるまいと云われるくらいだった。

この縁組みは、信長の懇望によってむすばれたものである。信長は長政の人物に惚れこんで、将来おのれの片腕ともすべく、妹を縁付けるに当っては、左のような誓約をさえした。

——今後は浅井と織田と攻守同盟をむすび、京にのぼって天下をとるうえは、両家ともども禁廷守護をつかまつるべし。

——越前の朝倉は、浅井と格別のあいだがらなれば決して織田より手を出すことなし、越前のことは浅井のさしずに従うべし。

そういう懇篤な誓約を与えてまで、信長は彼を妹婿にしたかったのである。

金屏にはえる燭のあかりは、しずかな、むつまじい小酒宴の席を、ほのぼのと艶にうつしだしている。長政はすこし酔いのでた眼で、さっきからお市のかたのうしろにいる一人の侍女を見ていたが、ふと微笑しながら、

「これ浪江」

としずかに呼びかけた。

「そのほう宗近新兵衛を見知っているか」

「……はい」

いきなり声をかけられた侍女は、両手をつきながらけげんそうに面をあげた。……浪江はお市のかたが岐阜から伴れて来た侍女たちのなかで、才色もっともすぐれたひとりで、お市のかたにも長政にも寵愛されていた。

「浪江がどうなさいましたか」

お市のかたも不審そうに長政を見た。

「どうかしたどころではない」

長政は笑いながら「おかたも聞いているであろう、宗近新兵衛、小谷のあらくれと申して近国にも隠れのない男がおる」

「おお、あの鼻の……」

と云いかけて、はしたないと気付いたのだがもうおそく、そこにいあわせた侍女たちは一斉に袂で顔を隠しながら、くくと忍び笑いをはじめた。みんな真赤になって、身を揉みながら懸命に抑えているが、しばらくは忍び笑いがとまらなかった。お市のかたはその声をうち消すように、

「新兵衛のことは美濃でも噂を聞いておりましたが。それで、なにか……」

「彼めが浪江をみそめたのだ」

またしても忍び笑いが高くなる。長政はそのとき、浪江ひとりがさっきからすこしも笑わず、睫のながい美しい眼を伏せ、じっと俯向いている姿に眼を惹かれた。

「わけを云わなければわかるまい。この春（永禄十二年）おかたは城中二の曲輪で、新兵衛と黒川主馬亮が喧嘩をしていたところへ、通りあわせたことがあるであろう」

「そのようなことがございました」

「喧嘩のもとはいつもの鼻のことだそうな」

黒川主馬亮は新参者で、例の不文の戒めを知らなかった。それで新兵衛の怒りを買い、二十人力が暴れだしたところへ、お市のかたが侍女たちを伴れて通りかかった。

――おかた様のお通りだぞ。

というので二人は喧嘩をやめて平伏した。お市のかたは近寄って来て、なぜ喧嘩をしたのかと理由を訊くと、その偉大な捻れた鼻が原因だという、お市のかたも可笑(おか)しかったが、侍女たちはみんなふきだしてしまった。

「みんなが笑ったのはむりもないが、新兵衛の無念さも一倍であったろう、あの眼だまでぎろりとねめあげた。みんな笑っている侍女たちのなかにひとりだけ、微笑もせずにじっとこっちを見ている侍女がいた。美しいと思うよりも、その笑わないしずかな眼があたたかい情けに溢(あふ)れていて、世にもめでたくなつかしく思われたそうだ」

「それが浪江だったのでございますか」

「そうだ、それ以来あのあらくれがものおもう身になった、実は今日よくよく問いつめたところが、どうしても浪江のまぼろしが胸から消えない、どうか家の妻に迎えたいということを白状したのだ」

「まあ。あの鬼と名のある新兵衛が、そんなやさしい心も持っているのでございましょうか」

お市のかたは、感動したように云った。

「浪江、いまの話をお聞きか」

「……はい」

いのう」

「おまえどうお思いだ、小谷城きっての勇士がそれほどの執心、おろそかには思うま

「おかた様」

浪江は、しずかに面をあげて云った。

「わたくし、殿さま、おかた様のおめがねにかないました方なら、いず方へなり仰せのままに嫁ぎまするが……宗近さまだけはいやでござります」

「なに、新兵衛はいやとお云いか」

「はい、宗近さまだけはお断り申しまする」

きっぱりと云いきった笑わぬ眼を、長政とお市のかたは呆れて見まもるばかりだった。

三

新兵衛は葦のなかに馬を捨て、さっきから体を固くして待伏せていた。

彼は怒っていた。

――浪江はいやだと申したぞ。

長政の声がまだ耳にある。

——そのほうが嫌われるのを、余にはそのままに捨て置くことはできぬ。許すからおのれの力でなびかせてみい、おかたにもその旨をふくめてある、いかなる手段をとるとも苦しゅうないぞ。

但し道にはずれた事はならぬ。そう云われてから十余日新兵衛の胸を焦がす怒りの焔は片時もやむひまがなかった。その怒りは、しかしおのれひとりのためのものではなかった。じぶんが嫌われることはしかたがないと思ったのである、けれども、そのために主君長政にまでひけ目をかけたと思うと、我慢ができなかった。

——どうして呉れよう。

いろいろ考えてみたが、結局は長政の云うとおり、浪江の心をなびかせるのがなによりだ。

——だがどうしてなびかせる。

表と奥とはきびしくわかれていて、会う折などは殆どあり得ない、しかも相手はこちらを嫌っているのだ、これで娘の心をなびかせようというには、尋常の手段では不可能だ。

——よし。

どんな手段でもよしと許されていた彼は、ついに今日の思い切った方法を決行することにきめたのである。

その前年六月、浅井家では竹生島神社へ天女の像をおくって盛んな祭祀をとりおこなったが、今年もまた六月十五日に長政みずから参拝し、翌十六日、つまり今日はお市のかたの参詣があった。……小谷から湖畔の山本へ二里、そこから竹生島まで舟で二里弱ある。おかたの乗舟には楽人がいて、往復とも音楽を奏していたが、戻りの舟で奏するその楽の音が、湖上をわたる風にのって山本城の舟着きへはいるのを、新兵衛はさっき聞いた。

午後三時と思われる頃だった。深い葦原のあいだの道を、さきぶれの騎馬武者が四騎、だく足で来て通りすぎたと思うと、やがて徒士武者の警護がゆき、侍女たちの列がお市のかたの輿をまもって近づいて来た。

面を黒頭巾で包み、じっと葦のなかにひそんでいた新兵衛は、四五間輿をやりすごしておいて道へとびだすと、走って行っていきなり侍女浪江を抱きあげた。

「あれ、浪江さまが」

「曲者!」

「狼藉者!」

警護の人々がどよめきたつ、それよりも疾く、浪江を抱きあげた新兵衛は葦のなかへとびこみ、繋いで置いた馬へひらりとび乗っていた。なにしろ二十人力のあらくれだから、娘ひとり抱こうが担こうがてまひまはいらない。

「それあちらへ逃げた」

「矢を射かけろ」

と騒ぐまに馬腹を蹴ってま一文字、葦原のなかを疾風の如く駆け去ってしまった。

小谷城下のおのれの屋敷まで、無言で馬を乗りつけた新兵衛は、石のように固く身を縮めている浪江を抱きおろし、おのれの居間へ曳いて行って突き放した。

「さあ、此処がそのもとの当分の住居だ」

「………」

「そのもとはこの宗近を嫌ったそうだ。拙者は男子としてそのもとを家の妻にのぞんだ、そのもとこそ一生の妻とみこんだからだ。ところが、そのもとは宗近はいやだと云ったそうだ」

浪江は突き放されたまま畳に両手をつき、あおざめた面を伏せて一言も云わない。その姿が美しければ美しいほど、いじらしければいじらしいほど、新兵衛の怒りははげしく燃えあがった。

「だがどうして嫌うのだ！」

彼は懸命に怒りを抑えながら喚いた。「どういうわけで新兵衛を嫌うのだ。そのもとは嫌うほどこの新兵衛を知っているのか。拙者がどんな男だか知ってのうえなら嫌われても是非がない。しかし、当人をよく知りもしないでいやだなどと云うには僭越だぞ」

「……………」

「掠っては来たが乱暴はしない。今日から一年のあいだこの家におれ。そしてこの新兵衛の起居をよく見るのだ。そのうえで嫌いなら嫌いとはっきり理由を聞こう、一年のあいだはこの家から一歩も出ることならん、わかったか」

「……………」

「弥五兵衛、弥五兵衛まいれ」

異様なできごとを気遣って様子をうかがっていたらしい、家臣の椙田弥五兵衛がすぐにやって来た。新兵衛は浪江をさし示して、

「これは当分この家に置く、とり逃がさぬよう心をつけておれ」

と命じ、さっさと表へ出て行った。

四

こうして奇妙な生活がはじまった。

起きるから寝るまで、新兵衛の身のまわりのことはすっかり浪江がする、洗面水浴の世話から着替えから食事の給仕、寝具のあげさげまで浪江は黙々としてはたらく、べつに隙(すき)があっても逃げる様子もない代りには、いつまで経(た)っても口をきかない、眉(まゆ)はしずかに、朱唇(くちびる)はかたくむすばれたまま、たちいにも睫のながい眼を伏せたきりである。

この事情を知っているのは、長政とお市のかたの二人だけだった。それで長政はときどきそっと様子を訊(き)いた。

「どうだ新兵衛、すこしはなびく風がみえだしたか」

新兵衛の答えはいつもおなじだった。

「恐れながらとんと見当がつきかねます」

「そのほうほどの男が手ぬるいではないか、もう百日あまりになるぞ」

「一年と申す約束でございますから」

「約束はどうでも、もう気ぶりにそれとみえそうなものだ。いったい、そのほうには浪江の心をなびかせる自信があるのか」

「はじめはあったのですが」

と彼は心細そうに云った。「近頃ではどうもあやしくなってまいりました。それに生れて初めて身近に女子(おなご)を置きますので、乱暴があってはならぬと思う気疲れが多く、こちらのほうがさきに兜(かぶと)をぬぎそうでございます」

「い、い、あらくれが、今になってなにを申す、そんな弱いことでは鬼の名が泣くぞ」

長政は励ますように笑うのであった。

こうして更に日を重ねるうち、浅井家の存亡を賭(と)する重大事態が突発した。それはかねての誓約をやぶって、織田信長が浅井家へなんの挨拶(あいさつ)もなく、いきなり越前の朝倉氏の攻撃をはじめたのである。……浅井と朝倉との関係は、両家国境を接していわゆる唇歯輔車(しんしほしゃ)のあいだがらであると共に、朝倉氏は累代(るいだい)浅井を援(たす)け、小谷城の基礎を築くことができたのも、その援助が大きな力となっていたのである。だから信長はお市を嫁にやるに当って、特に「朝倉へは決して手を出さない、越前一国は長政のさしずに任(まか)す」と誓言したのである。

その誓言を信長はやぶった。信長にもそれだけの理由はあろうが、長政との誓約を無断で破棄したのは無法である。

小谷城には直ちに会議がひらかれた。天下の帰趨を説いて信長に附くべしという者、年来の恩義にむくゆるため朝倉を援けよという者、論議はふたつにわかれて紛糾した。長政は愛妻のよしみもあり、かつは信長こそやがて天下をとるべき人物とみていたので、できるなら織田軍と行動を共にしたかった。けれども、父親の久政は愚昧で時勢をみる明がなく、

——信長は勝手に誓約をやぶる暴将だ。あんな者に附いたところで浅井家の将来が安泰であるわけはない。朝倉には恩義もあることだし、いま力をあわせて織田を攻めほろぼせば、天下はおのずから両家の手中のものだ。

と、頑強に主張し、はては、

——いやならば儂ひとりでも手勢をひっさげて越前へまいる。

と、泣き声をあげて叫びだした。

長政の覚悟はきまった。孝心のふかい彼は父の意見にさからうことはできなかった。いま信長にむかって反旗をあげることは、千のうち九百九十まで敗戦滅亡と思われる。しかし、父の言葉はおもく朝倉への義理も棄てられない。

「評定はきまった。めざす敵は織田信長、いずれも出陣の用意をいそげ」

そう宣言したときの長政の顔には、おのれの生涯をなげいだしたものの悲壮な決意がありありと表われていた。

……おのれ信長の裏切り者め！

新兵衛は、主君の面にあらわれた悲痛な色をみると、総身をふるわせながら心に叫んだ。彼には長政の考えがよくわかった。それで身のふるえるほど信長を憎んだ。もし誓約をすこしでもおもんじ、ひと言でも事前に挨拶して呉れたら、越前への扱いようもあったであろうし、そのうえで朝倉が肯かなかったら信長に附くこともできたのである。一言の挨拶もなく誓約をやぶれば、長政をこの苦境に追いこむことは知れているはずだ。

——信長の無道者め、いまに目に物みせて呉れるぞ。

なにも云わない長政に代って、新兵衛は信長の姿を空に描きながら心のうちで罵り叫んだ。

戦のありさまを精しく記すいとまはない。有名な姉川の合戦もこのときのことであるし、いちじは浅井朝倉がたに勝算もみえたが、時の勢はどうしようもなく、おいおいに諸城をぬかれ、天正元年（一五七三）八月ついに小谷城は孤塁となって織田勢にとりかこまれ、浅井氏の運命は旦夕に逼ってしまった。

信長は城中に使をやって降伏をすすめた。けれども長政は鄭重にそのすすめを拒んだ。そして妻と子供たちは姻籍のよしみで助命を乞うと云った。……お市のかたは妹、その子は甥姪にあたる。信長はむろんよろこんで助命のことを承知した。

五

おのれの屋敷へ馬をとばして来た新兵衛、玄関へ立つと声をはりあげて、

「浪江どの、浪江どのはおるか」

と絶叫した。留守の弥五兵衛が出ようとするのを押し止めながら、浪江が小走りに玄関へ出て来た。

「おおいたか、すぐ支度をするのだ、いよいよ一族籠城ときまり、おかた様はじめ和子たちは織田軍へおひきとりになる、そなたも早く支度をしてお供を申上げるのだ」

「して、あなたさまは……？」

「知れたこと、拙者は殿の御先途をつかまつるのだ」

「ではわたくしもそのお供をいたします」

「なに、なに……」

「わたくしも、あなたさまとご一緒に殿さまの御先途をつかまつりまする。それがもののふの妻の道だと存じます」

「もののふの妻、……妻と申すのか」

新兵衛は大きく眼をみはった。浪江の唇のあたりにしずかな微笑がうかんだ。それは彼女を知ってからはじめて見る微笑だった。謎のようにもの云わぬ眼も、いまこそあたたかく熱い想いに潤んでいる。新兵衛の声はふるえた。

「ではもう、拙者を嫌ってはいないのだな、拙者がどういう男かわかったのだな」

「はじめからわかっておりました」

浪江はつつましく、けれどゆらめくような微笑のなかから云った。

「はじめからわかっておりましたの。あのとき嫌いだと申しましたのには、わけがあったのでございます」

「どうしてだ、どうしたわけがあったのだ」

「あなたさまは小谷城ずい一の勇者でございます。岐阜のお城におりまする時分からお噂にうかがっておりました。それほどのお方が、ごじぶんの鼻のことを云われると前後を忘れ、すぐ喧嘩乱暴をなさいます。まことの勇者つわものなれば、盲目あしなえであろうとも、それを口にされたくらいで喧嘩乱暴はなさらぬはず、女の身でおこがましい申分ではございますけれど、このひとつ……があなたさまの瑕だと存じました。それで、……そのお癖が治るまでは妻として、この身をおまかせ申す気になれなかったのでございます」

「そうか。……うん。そうだったのか」

新兵衛の顔は赤くなり、また白くなった。

「しかしいま妻と申したが、それはどういうわけだ」

「このお屋敷へまいりまして、あなたさまのお世話をいたしますにつれ、わたくしはじぶんの考えの誤っていたことを悟りました。人にはそれぞれ癖のあるもの、それをたがいに助け、たがいに補ってゆくのが夫婦のかたらいだと気づいたのでございます。あなたさまはお察しくださらなかったようですけれど、わたしは疾うからあなたさまの妻と心にきめておりました。……どうぞ御先途のお供をおゆるしくださいませ、今生のおねがいでございます」

新兵衛の胸に熱湯のようなものがつきあげて来た。浪江の眼にはするどい批判があり、その心にはあたたかい情けの火があった。いちどは冷たく新兵衛を見たが、やがてその心は彼を包んで愛情の火を燃やした。……笑わぬ眼はやさしく溶けむすばれていた。唇はいま熱い心を告白している。新兵衛の眼は誤らなかった。彼女こそもののふの妻としてまたと得がたき一人であった。

「そうか、ではそなたは新兵衛の妻だな」

やがて彼は心をとりなおして云った。

「……はい」

「ではすぐ支度をするがよい、おかた様や和子たちのお輿は、まもなく織田軍の陣へおわたりだ。そなたはどこまでもお供をして御守護を申すのだ」

「ではあの、御先途のお供はかないませぬか」

「そなたがまことに新兵衛の妻なら、良人の申しつけに従うはずだ、いそがぬと遅れるぞ」

きっぱりと云いきられて、浪江はきゅうにむせびあげた。むせびあげながら声をふるわせて云った。

「あなたさまはつれないお方でございます。嫌いだと申上げたわたくしを無理にここへお伴れあそばし、わたくしが二世と思いきわめた今になって、今になって出てゆけとは……あんまりでございます。あんまりでございます」

「その怨みには一言もない、しかしこれがもののふの道だ」

新兵衛は毅然と顔をあげた。

「そして拙者は小谷城のあらくれだ、どう怨(うら)まれてもそなたを死出(しで)の道づれにはできぬ。泪(なみだ)をふいてもういちど笑顔をみせて呉れ、かどでに泪は不吉だぞ」

「…………」

浪江は泪の溢(あふ)れる眼をあげた。新兵衛はぐっと顔をつきだし、おのれの鼻を指さしながら、おどけた調子で云った。

「このみごとな鼻を見ろ、こいつは世間広しと雖(いえど)も、宗近新兵衛だけが持つ道具だぞ、拙者のかたみになによりの物だ、よくよく見て覚えて置け」

「……旦那(だんな)さま！」

浪江はたまらず、声をあげてわっと泣き伏した。新兵衛の手がそっとその肩へのびた。

六

お市のかたと三人の子が、侍女たちに護(まも)られて信長の陣地へひきとられたのは、天正元年八月二十九日の朝のことである。浪江もその人々に加わって泣く泣く小谷を去った。

それが済むとすぐに織田軍の総攻撃がはじまった。

これよりまえ、二十七日には久政が自刃していたし、将兵のなかにも逃亡するものが多かったので、小谷城はひとたまりもなく蹂躙され、長政はあたら大器をいだいて火中に屠腹して果てた。これで浅井氏はまったく滅亡したわけである。長政はいくたびも降伏の使者をうけたが、そのたびに鄭重に拒んでみずから死をえらんだ。そして誓言違約のことには一言も触れず、従容としておのれの武運のおもむくところに就いたのである。宗近新兵衛はどうしたか。彼は手勢をひっさげて城外へ斬っていで、悪鬼羅刹の如く奮戦したうえ、ついに捕えられて信長の本陣へ曳かれていた。

新兵衛はすぐに曳きだされた。髪のふり乱れた顔面は乱戦の血しぶきにまみれている。鎧の胴は裂け、草摺は千切れ、全身汗と血と埃にまみれて見るも無慙な姿だった。「めずらしや新兵衛」信長は床几から声をかけた。

「みれば存分に暴れたそうな、武者ぶりみごと、あっぱれつわものの画像と思うぞ。だがそのほうほどの者が縄目の辱しめをうけるとはどうしたことだ。いかに乱軍のなかとはいえ、腹切るひまはあったであろうに、小谷のあらくれと呼ばれる者にも似合わぬ、みぐるしい態ではないか」

「お黙りあれ」新兵衛は莚の上にどっかと坐ったまま、乱髪の面をあげてはげしく叫び返した。

「こなたのようなる表裏ある大将、義理も人情もわきまえぬ無道人に、さむらいの本心がわかると思うか」

「なに、この信長を無道と申すか」

「申さいでか。こなたはわが主君とお市どのとの縁組みの折なんと云われた、朝倉には手を出さず、越前一国は浅井家のさしずどおりと、かたく誓言されたではないか。この誓言を反故の如くやぶり捨てたばかりに、御主君長政公には、こんにち御悲運、しかも一言の怨みも仰せられず御悲運のままに最期をとげられたぞ。これ皆こなたの不信の為、義理も人道もふみにじる、悪虐無道なこなたのためだ」

「黙れ、黙れしれ者！」

「黙らん、拙者が縄目の辱を忍んだのはこの一言を云おうがためだ。これ織田どの」

新兵衛はぐっと片膝を立てた。

「こなたは美濃の僻隅より起り、こんにち正四位の栄位にある日本の弓とりだ。義理をふみ道を守ってゆけば、やがて天下の仕置人ともなるであろう。なれどもかくの如く人を裏切り、かくの如く無道をおこなうようでは天下のことは云うに及ばず、その身もやがて野晒しとなろうぞ」

「……うぬ！」信長は佩刀を摑んで床几を立った。

「みごと新兵衛をお斬りなさるか、この一言を云いたいために、わざと縄目の辱を忍んでまいった。むざと手籠めになる拙者ではないぞ。これを見られい」

云うとひとしく、身を跼めてうんとひとこえ、満面に血をはしらせたとみるや、きびしくいましめた縄はふつふつと音高く千切れとんだ。そして、その刹那に、ふみこんで来た信長の一刀が、彼の肩を、したたかに斬りさげていた。

「浅井一族のうらみをお忘れあるな、織田どの」

新兵衛はよろめきながら叫んだ。

「こなたはやがて野晒しとなって果てようぞ、その折はこの新兵衛、悪鬼となってお迎えにまいるぞ」

だがつづく二の太刀とともに、宗近新兵衛の体はどうと前へ倒れていた。壮烈な最期であった。

＊　＊　＊

天正十年十月のなかばのことである。

被衣にふかく面を隠したひとりの女性が、近江ノ国小谷のちかく、虎御前山のあたりに佇んでいた。離々たる秋草のあいだには、昼というのに虫の音がわくようだったし、湖水をわたる風も蕭殺として身にしみた。

虎御前山はかつて小谷攻めのとき、信長が本陣を布いたところである。被衣の女性は、しずかに持って来た瓶子をとりだし、秋草のなかへさらさらと水を濺ぎかけた。

「あなた。浪江でございます」

女は囁くように云った。

「ご最期のようすは精しくうかがいました。あなたらしいおいさましい、ご最期でしたことねえ。ながまさ公に代って思うままにご遺恨を述べ、四位さまのお佩刀で潔いご最期、浅井にまことの勇士ありきと、いまも噂は絶えませぬ」

被衣をふく風に、暫し女の声はとだえていたが、やがて哀しい囁きはつづけられた。

「あなた、お知らせがございますの。織田の殿は二位の右大臣にまでおのぼりあそばしましたが、ことしの六月、京の本能寺にておいたわしい御往生でございました。……あなたのお言葉どおりでございましたことねえ。ながまさ公もあなたさまも、これでご成仏あそばしましょう。あなた」

女は瓶子の水を残りなく傾けた。

「あなたは右大臣さまを、悪鬼となってお迎えにおいでなされまして?……」

ふき来りふき去る風に、秋の千草はさやさやと鳴っていた。湖の水は紺碧に澄み、遠い比良の山なみはすでに冬の色が濃かった。

羅刹（らせつ）

一

「うすっきみが悪いな」鬼松（おにまつ）が眉（まゆ）をひそめながらそう云（い）った。「……おまえさんさっきからおれの面（つら）ばかり見ているが、どうしてそうじろじろ見るんだ」

「見ちゃ悪いのかい」

「そういうわけじゃないが、おまえさんの眼がきみが悪くていけねえから」

「ふふん」

　相手は顔をしかめながらせせら笑いをした。

　奇妙な男だった。この近江路（おうみじ）で鬼松といえば、熊髭（くまひげ）の生えた魁偉（かいい）な顔つきとともに知らぬ者のないごろつき馬子（まご）である、強請（ゆすり）や押し借りは云うまでもなく、酔えば鬼のように暴れまわって手がつけられない、ほんとうの名は松蔵（まつぞう）というのだが、この街道筋では鬼の松蔵、ひと口に鬼松と呼んで、彼の姿が見えるとみんな道をよけて通るほどだった。ところがその若者は、道で鬼松に会うといきなり「親方、すまないが一杯つきあって貰えまいか」そう云って誘いかけた。曾てないことなので、さすがの鬼松も少しばかりとまどいしたが、別に断わることもないのでいっしょにこの支度茶屋へはいった。それから一刻あまりもこうして呑み合っているのだがどういうわけか気持が落着かなかった。相手の男は二十七八であろう、色のあさ黒い痩せたからだつきの町人風だが、どこかに神経のぴりぴりした尖りがみえる、殊に落ち窪んだ両眼はねばりつくような光を帯びていて、それがさっきから絶えず鬼松の顔をするどく見つめ続けるのだった。

「つまらねえ面だ」やがてその若者が吐き出すように云った。「……どこからどこまで下司に出来ていやぁがる、まったくとりえのねえ駄面だ」

「そいつはおれのことか」鬼松が聞き咎めた。

「そうだおまえの面だ」若者はぐいと身を乗り出すようにした、「……この近江路でおまえは鬼の松蔵とか云われているそうだが、評判ほどにもない間抜けな面じゃないか、そのうえ他人の振舞い酒に酔って筋のほぐれたところは、まるで潮吹き面の水ぶくれというざまだ、これからは潮吹き松と呼ぶがいいぜ」

「――――」鬼松は胆をぬかれた。いったいなんのために酒を奢ってくれたのか、なんのためにじろじろ顔ばかり見るのか、なんのためにそんな悪態をつくのかまるで見当がつかない、けれども、潮吹き面の水ぶくれと云われてはもう黙っているわけにはいかなかった、「……おい、きさまそれを正気で云っているのか」

「念を押すにゃ及ばねえ」

「なんだと、もういちど云ってみろ」松蔵の顔はかっと赤くなった。

「うぬの面の棚卸しをされて念を押すにゃ及ばねぇと云うのだ」

「ぬかしたな」

がらがらと皿小鉢をはね飛ばしながら鬼松が若者へ組み付いた。居合せたほかの客たちは総立ちになる、店のあるじがびっくりして、暖簾口から「松蔵さんそりゃいけない」と、とび出して来た。然しそれより早く、

「あれ危ない、待って下さい」と叫びながら、まだ若い町娘がひとり外から走りこんで来て、いま若者を殴ろうと振り上げた鬼松の腕へひっしとしがみついた。「ええ放しゃがれ」「どうぞ待って下さい、お詫びはどのようにでも致しますからどうぞ待って」

紫陽花の花が咲いたような、みずみずと美しい娘だった、客たちも眼をみはったが、亭主はあっと叫んで駈け寄った。「これ松蔵さん乱暴しちゃあいけない、浄津の嬢さんだ、近江井関の嬢さんだぞ」「えっ……」と、松蔵はびっくりして手をひい

た。浄津の近江井関と云えば、いま天下に幾人と指に折られる面作り師であるが、それだけではなく、度量のひろい義侠心の強い人で、ずいぶんひとの世話をよくするし、またお留伊と云う美しい娘があるので、この近江路の人びとには有名だった。いかに鬼松があぶれ者でも、お留伊と聞いては乱暴はできない、ひょいと手を放して脇へとび退いた。

「さあ宇三郎さん早く」と、娘はこの隙にすばやく若者を援け起こし、ふところから小銭袋を取出して、「これであとのことを頼みます」と茶店のあるじに渡し、若者のからだを抱えるように店の外へと出ていった。

二

小坂の駅を出はずれて、道から少しはいった竹籔の中にひと棟のあばら家が建っている。藁葺きの屋根は朽ち、軒は傾き、壁は頽れて穴があいている。竹籔も荒れているし、居まわりは茫ぼうと草が生い繁って、とうてい人が住むとは思えないけしきだ、この荒涼たる家が若い面作り師宇三郎の住居であった。

「お酒なんかあがったことのない貴方が、どうしてこんなに召上ったのです、苦しゅうございましょう」「いや……」「少し横におなりなさいまし、いまお冷を持ってまいりますから」「大丈夫です、どうか構わないで下さい」

すっかり悪酔いをしたらしい、顔は血のけを失って蒼白くなり、溺れる者のように烈しく喘いでいた。お留伊は木屑の散らばっている床板の上へ、破れた敷き畳をおろして宇三郎を寝かし、厨から金椀へ水を掬んで持って来た。「さあ召あがれ、よろしかったらまたかえてまいりますから」

「済みません」半ば起きかえって、ひと息に水を呷った宇三郎は、苦しそうに充血した眼を振り向けながら云った、「どうしてまたあなたは、あんなところへおいでになつたんです」

「お仕事のようすがどんなかと思いまして」

「………」宇三郎はきゅっと眉をしかめた。

「下検の日限がもう三日さきに近づいていますから」

「ああ知っています」彼は苦しげに首を振り眼をそらした。

「宗親さんも外介さんも、もうお仕上げになったそうです、宇三郎さん、あなたも日限までにはお間にあいになりまして」

「そう思ってはいるんですが」

「彼処にあるのがそうでございますか」お留伊はそう云って部屋の向うの仕事場に殆んど彫りあがっている三面の面へふり返った。だが宇三郎はみずから嘲るように首を振った。

「駄目です、あんなものはお笑いぐさです」

「それではまだ、なかなかなのでございますね」

「お留伊さん、いや、嬢さん」宇三郎は思いきったように眼をあげた。「……宇三郎はこんどはだめかも知れません、もし間にあわないようだったら、どうか私のことは諦めて下さい」

「そんなことを留伊が承知するとお思いになって」

「しかし日限までに仕上らなかった場合には」

「いいえ厭です」娘はきっとこちらを見た、「……あなたはこんどこそ、これまで人のしない活き面というものを打つと仰しゃいました、必ず二人に勝ってみせると仰しゃったからこそ、わたくしは父さまのいうことを承知したんです、それを今になってそんな、そんなことはわたくし伺いたくございません」

「正直に申しますが嬢さん」宇三郎はつき詰めたようすでこう云った、「私は初めてほんとうの自分の値うちがわかりました、近江井関の門ちゅうわが右に出る者なしと他人をみくだし己れに慢じていた、きょうまでの自分を思うと恥ずかしくて死にたくなります、あなたにも、こんどは百世に遺る活き面を打って見せるなどと云いはしましたが、いざ仕事に掛って見ると手も足も出ません、ひと鑿も満足な彫りが出来ないのです」

宇三郎は、近江井関と呼ばれる面作り師、かずさのすけ親信の門下で、高井の宗親、大沼の外介と共に井関家の三秀と称せられ、なかでもいちばん師の親信に望みをかけられている男だった。すでに老年の上総介は、数年まえから跡目をきめて隠退しようと考え、むすめの婿に三人のうち誰を選ぶか当惑していた。そこへよい機会が来た、それは京の三位侍従ふじわらの紀公から、井関家へ羅刹の仮面の註文があった、その年（天正十年）の七月七日、紀公の近江井草河畔にある荘園において七夕会の催しがある、そのおり用いる猿楽の仮面で、紀公みずから着けて舞うためのものだという。親信はこれこそなによりの好機だと思い、三人を呼んでかれらのうち最も傑れたものを井関家の跡目に直し、また娘のお留伊をめあわせるという条件で、羅刹の面のくらべ打ちを命じた。

三人はもちろん承知した。宇三郎は特にきおい立った、これまでの仮面はたいてい伝習にとらわれていて、先人の遺した型式から脱けきれず、ようやく平板と無感覚に堕しつつある、彼はそれを打破するために活き面という一つの作法を思いついた。それは在来の面型からはなれ、どんな仮面にもそれぞれの性格と内容をつかみ、たとえ架空のものでも現実に活けるが如く表現しようというのである。むろんそれには塗り方にもくふうを要するので、この数年は殆んどそのために精根を傾けて来たのであった。……それゆえくらべ打ちと聞いたときは、これこそ活き面のなんたるかを示して一世を驚かす絶好の折だと思い、大きな自信と勇気をもって起ったのだ。彼は必ず勝つと信じたし、勝たなければならなかった、なぜならば彼とお留伊とは、二年ほどまえからひそかにゆくすえを誓っていた、どんなことがあっても変るな、変るまいとかたく誓いを交わしていたのだ、そのことからいっても、ぜひ三作の第一にぬかれなければならなかったのである。

三

「いつか話したように、活き面として初めて世に問う作です、どうかして羅刹の新しい形相をつかもうと、きょうまでずいぶん苦心してみたのですが、いかに苦しみもがいてもこれはと思うものが見えてこない、どうしても。日限がこのとおり迫っているのに、まだ相貌さえつかめないのでは、もう投げるより他はないと思います」

「宇三郎さま」お留伊は身をすり寄せた、「……あなたはいま、他人をみくだし己れに慢じていたと仰しゃいました、それを思うと恥じて死にたくなる、と仰しゃいましたのね」

「私はばか者です、口ばかり巧者で才能もなにも無いのら者です」

「そうだと思います、もしこのまま鑿を捨てておしまいになるようなら、あなたの仰しゃるとおりだと思います、けれど宇三郎さま、あなたには今こそほんとうのお仕事の出来るときが来たのです、慢心していた、才能もなにもないという、はだかになった謙虚なお気持こそ、りっぱなお仕事をなさる下地ではないでしょうか、留伊はそうお信じ致します、宇三郎さまわたくしの眼を見て下さいまし」

娘は姿勢を正してこう云った、

「三日のちには下検があります、そして留伊は、いちばん傑れた作を打った方の妻です、そしてそれはあなたを措いて他にはございません」

「……………」宇三郎の頬にふと赤みがさした。

「留伊は三日のあいだお待ち致します、そしてもし日限までにあなたが浄津へおみえにならなかったときは、そのときは、わたくし自害を致します」

「……自害をする」

「留伊にはあなたの他に良人はございませんから」

娘の眼には澄み徹るような色が湛えられていた。そしてそれだけ云い遺してお留伊は帰り去った。……宇三郎は憑かれたような眼をして、じっと空の一点を覓めていた。お留伊の去ったのも知らなかった。頭のなかには光を放つ雲がむらむらと渦を巻き、からだじゅうの血が湯のように沸きたった。手に、足に、腹に、いつか力の湧きあがるのが感じられる。

「そうだ」やがて彼は喘ぐようにこう呟いた「……おれは選まれた男の筈だ、活き面という新しい仕事、これまで誰も試みたことのない仕事がそうたやすくできるわけはない、苦しむんだ、もっと根本的に苦しんで、必ず第一作を打ってみせるんだ、必ずだ」

ちからが甦ってきた。いちど絶望のどん底まで落ち込んだだけに、盛り返してきた情熱は充実したものだった。彼は仕事場に坐ると新しい木地をとり出して、わきめもふらず仕事にかかった。宇三郎のやりかたは二面の木地を交互に彫る、興の続くあいだは一つの面を彫り進め、或るところまでいって滑らかに興が動かなくなると、別の面に鑿を移すのである。然しこれは二個の違ったものを彫るのではなく「羅刹」という一つの抽象を、二様の角度から現実的に追求する手法なのだ。一鑿、一彫、骨を削り肉を刻む苦心だった。あるときは絶望の呻きをあげ、あるときは歓喜の叫びをあげながら、殆んど二昼夜あまりは食事もとらず、夜も眠らず、鑿と小槌にいのちの限りを打ち込んで仕事を続けた。

仕上げの小刀を終ったのは、すでに日限の当日も午ちかいころのことであった。下検だから着彩はしなくともよい、「……出来た」と道具を置いたときには、二十四刻ぶっとおしの疲れが一時に出て、そのままそこへ倒れてしまいたい気持だった、けれどもお留伊が待っていること、刻限に遅れると、とり返しのつかぬことになるかも知れないということを思い、もうかなり饐えのきた粟飯で飢を凌ぐと、彫りあげた仮面を筺に納め、ふらつく足を踏みしめながら家を出ていった。四月下旬の強い日光が、乾いた道の上にぎらぎらと照り返して、精根の衰えた宇三郎の眼を針のように刺した。暫くもゆかぬうちにからだじゅうぐっしょりと膏汗がながれ、ともすると烈しいめまいに襲われて、なんども休まなければならなかった。

浄津まで半道、浜田郷へかかると間もなくだった。「まあ宇三郎さま」というこえに気づいて見ると、向うからお留伊が小ばしりに駆けて来た。「……おできになりまして、間にあいましたのね」

「眼をつぶって仕上げました」

「これで命を拾いました、ようこそ、宇三郎さま」お留伊は美しい額に、匂うばかり汗の玉を浮かせたまま、うわずったような眼で宇三郎をじっと見た、「……とても家におちついていられませんでしたから、お迎えにあがろうと思ってぬけてまいりました、わたくしお持ち致しましょう」

「いや大丈夫、自分で持ちます」

それでもとお留伊が筐へ手をさしだしたときである。道の東から十七八騎の武者たちが、凄まじい勢いで馬を駆って来た。大将とみえる先頭のひとりは、藍摺(あいずり)の狩衣(かりぎぬ)に豹(ひょう)の皮の行縢(むかばき)を着け、連銭葦毛(れんせんあしげ)の逸物を煽(あお)りあおり、砂塵(さじん)をあげながら疾風(はやて)のように殺到して来た。……陽(ひ)ざかりのことで人通りは少なかったが、子供たちが四五人その道の上で遊んでいた。

「ああ危ない、馬が」と、思わず宇三郎が叫んだ、それを聞いて大きい子供たちはすばやく逃げたが、三歳ばかりの幼児がひとり逃げ後れた。すると、町並の軒下から母親であろう、まだ若い一人の女が、「あれ坊や」と絶叫しながら、はだしのままとびだして来た、そこへ地を踏み鳴らして馬が襲いかかった。

四

子を思う捨て身の母は、夢中で幼児の上へ覆いかかった、それに驚いたのだろう、馬は烈しく首をふり上げながらぱっと跳ねあがった、すると馬上の武将は片手で手綱を絞りながら、「無礼者」と叫びざま腰の太刀を抜いて、さっとひと太刀その女を斬った。

「ああ」という恐怖の叫びが見ていた人びとの口を衝いて出た、「むざんな」「なんということを」そう云うまに女は、肩のあたりを血に染めながら、それでも子供を抱えたまま四五足走り、なにかに躓きでもしたようにどっと倒れた。すぐ眼のさきの出来事であった、茫然として宇三郎は馬上の武将をふり仰いでいたが、ふいに大きく眼をみひらきながら、

「ああ、あれだ」と呻き声をあげた、「……羅刹、羅刹、あれこそおれの求めていた羅刹の形相だ」

女を斬った瞬間、その武将の顔に類のない残忍酷薄な相貌が表われた、然し宇三郎が眸子をとめて見極めようとしたときには、すでに相手は狂奔する馬を駆って、供の

騎馬たちと共に風の如く駈け去っていた。

「あの顔だ、あの顔だ」宇三郎はひっしと眼を閉じて、いま見た形相を空に描こうとした、けれども恐怖の一瞬に見た淡い印象は、霧のように漠として、もはや彼の眼には甦ってはこなかった、「……ああ、あれほどの相貌を見ながら」身もだえをしたいような気持でそう呟いた。そこへ再び蹄の音がして、前髪だちの美少年が一騎だけ戻って来た。倒れている女を介抱していた人びとは、「それまた来たぞ」と憎悪の叫びをあげながら左右へ散ったが、少年は大きく右手をあげ「騒ぐには及ばぬみんな鎮まれ」と制止して云った、「……右大臣家には中国征伐の事で御きげんを損じておられる、まことに気の毒なことをした、その女の身よりの者でもあれば、安土の城へ森蘭丸といって訪ねてまいれ、償いの代をとらせるであろう」

「――――」みんな黙っていた、黙ったまま敵意のこもった眼でじっと見あげていた。少年は重ねて、「……必ず城へまいるがよい、決して悪しゅうは計らわぬぞ、まことに気の毒であった」そう云い、馬をめぐらせて駈け去った。里びとたちは砂塵のあとを見送りながら、「それでは今のは右大臣さまか」「なるほど安土の殿のやりそうな事だ」口ぐちにそう囁き交わした。お留伊はようやく恐怖から覚めたように、

「まあ怖いこと、宇三郎さま早くまいりましょう」と声をふるわせて云った。

「いやお留伊さんいきますまい」宇三郎は娘のほうへきっとふり返った、「……私はここから帰ります」

思いがけない言葉に留伊は眼をみはった。

「うちあけて申しましょう、お聞き下さい」彼はお留伊を脇のほうへ誘って、なにかつきあげるような調子でこう云った、「……私がこれまで苦心してきたのは、これぞ羅刹という形相を摑むことができなかったからです、どんなに想を練ってもつきとめられなかったので、私は生きている人間からそれをみつけだそうとさえしました、覚えていますか、あの支度茶屋で鬼松に喧嘩をしかけたことを、実はあれもそのためでした、鬼松を怒らせたら、殊によると求める形相が見られはしまいか、そう思ってわざと喧嘩をしかけたのです」

「まあ」お留伊は大きく溜息をついた。

「ところで今、女を斬った右大臣のぶなが公の面に、私はまざまざと見たのです、私の求めていた羅刹の相貌を」宇三郎は苦しげに手を振った、「……それは眼叩く間のことで眼にも止めるひまがなかった、けれども暴悪可畏といわれる悪鬼、衆生を害迫して無厭足といわれる羅刹の形相が、たしかにありありと見えたのです」

「それで、どうなさろうと仰しゃいますの」

「お留伊さん、宇三郎を安土へゆかせて下さい、一面ここへ打っては来ましたが、あれだけの形相を見たうえはこんな面を出すことはできません」

「安土へいってどうなさいます」

「右大臣家をつけ覘いますす、もういちどあの形相を見るまでは、どんな苦心をしてもつけ覘います、お留伊さん、あなたも近江井関家のお人なら、宇三郎のこの気持はわかって下さる筈です」

「――――」お留伊は深く額を伏せた。

「私にはもう井関家を継ごうなどという慾はありません、いのちを賭しても羅刹の活き面が打ってみたいのです、ゆかせて下さい」

「おいでなさいまし」お留伊はおちついた声でそう答えた、「……父にはお打ちになったその面を頂いていって、留伊からよくお話し申します」

「ああゆかせてくれますか」宇三郎は眼を輝かしながら、感動に堪えぬもののように空をふり仰いだ。

五

「三位侍従家へ納めるのは七夕会のまえです、それまでにはまだ間がありますす、浄津のほうは留伊がおひきうけ致しますから、どうぞ心置きなくいらしって下さい」

「有難う、このお礼はきっとしますよ」

「それからこれを」お留伊はふところから銭袋をとり出した、「……実はきょうもしあなたが未だお出来にならなかったら、ごいっしょに他国をする積りで用意して来たものです、たくさんはありませんけれど、どうぞお遣いになって下さいまし」

「なにも云いません、この場合ですから遠慮なしに頂きます」宇三郎の眼にはふっと涙がうかんだ、「……ではこころ急ぎますからこれで」

「どうぞおからだに気をつけて」

「待っていて下さい、きっと、きっとめざすものをつかんで来てみせます」こう云って宇三郎は踵を返した。

家に帰って旅支度をすると、一刻の猶予もなく小坂を出立した。

然し、彼が安土へ着いておちつく間もなく、信長は中国征討の軍を督するため、安土城を出て幕営を京へ移した。もちろんためらうことはない、宇三郎もすぐに後を追ってしゅったつしていった。

京へはいった信長は三条堀川(さんじょうほりかわ)の本能寺(ほんのうじ)に館し、宇三郎は五条高辻(ごじょうたかつじ)にある梅屋五兵衛(うめやごへえ)という旅宿へ草鞋(わらじ)をぬいだ、そして浄津のお留伊のもとへあらましを書いて便りを出した。安土にいるときには、足軽になってでも近づく積りであったが、京へ移ってはもうそれもできない、来る日も来る日も、北野(きたの)へ、清水(きよみず)へと見物に出るふりをして、本能寺の周囲を離れず見まわっていたが、信長は絶えて館を出ないので、その姿を見ることさえできなかった。こうして五月二十日が過ぎた、すでに真夏となった太陽は、旱(ひで)りつづきの京の街を、じりじりと灼(や)くように照りつけ、乾ききった道から土埃(つちぼこり)をあげるほどの風もない日が続いた。宇三郎は毎日その陽に曝(さら)されて歩きまわったが、やがて過労と、暑気に負けたのであろう、或る夜とつぜん高熱をだして、旅宿のひと間に倒れてしまった。

ひじょうな高熱と吐瀉(としゃ)で四五日はまったく夢中だった。そのあいだに夢とも現(うつつ)ともなく、「国許(くにもと)へ知らせなければなるまい」「処(ところ)がよくわかっていない」「いやいつか国のほうへ便りを出したようすだから、あの飛脚宿(ひきゃくやど)へ訊(き)けばわかるだろう」そんなことを云う人のはなし声を聞いた。おれは大病にかかっているんだ、もしかすると此処(ここ)で死ぬのかも知れない。宇三郎はうとうとしながらそんなことを考えたりした。

命に賭けてもという、烈しい執着が命を救ったのかも知れない、いちどは宿の者たちも絶望した病状が、峠を越すとやがてめきめき恢復しはじめた。元もと過労と暑気に負けたのが原因なので、よくなりだすと治りも早く、食事も進むようになって日ましに元気をとりもどした。こうしている間に六月にはいった、天正十年六月一日の夜半を過ぎた頃であった。……なにやら唯ならぬ物のけはいに、ふと眼を覚ました宇三郎は、家の中のようすがあまり険しいので、起きあがって部屋から出てみた。上り框のところに、宿の主人や、泊り客たちが集まって、ざわざわと不安そうになにか話していた、「どうしたのですか」と、彼がこえをかけたとき、ちょうど表からこの家の下男があたふたと駈け込んで来た。

「たしかに夜討でございます、本能寺をとり囲んでいるらしく、まだ白川の方から軍勢がどしどし押し寄せてまいります」

「やっぱりそうか、どうも唯事ではないと思った」

「だがまたなんとした事だろう、いま右大臣さまに敵対するような大将はいない筈だが」

「さきの公方さまの御謀反ではないか」

「表のほうではみんな叡山の荒法師が、先年の仕返しに攻め寄せたのじゃと申し合っております」

「ああ、あんなに鬨の声が聞える」

「本能寺へ夜討」宇三郎は愕然とし、その下男の肩を鷲づかみにした、「……それは間違いのないことか、夜討というのはたしかなことか」

「間違いはございません、どなたの軍勢かわかりませんが、たしかに本能寺へとり詰めております、あの物音をお聞きなさいまし」

「しまった」呻きごえをあげて、そのまま外へ駈けだそうとした。そのとたんに、門口から走り込んで来た娘があった。危うくつき当ろうとして「ああ宇三郎さま」と呼びかけられ、びっくりして見ると浄津にいる筈のお留伊だった。

「お嬢さん、どうしてこんなところへ」

「あなたがご病気だということを宿から知らせて来ましたので、すぐ浄津を立ってきょうの夕方、ようやく三条の茶久へ着いたばかりでした、明日はお訪ねしようと思っているところへ、思いがけない本能寺の夜討で、供の者とは離ればなれにやっと此処まで逃げて来たのです」

「それはたいへんな苦労をかけました、とにかく此処も危ないようですから、あなたはすぐこの宿の者とどこかへ立退いて下さい」

「立退けと仰しゃって、あなたはどうなさいますの」

「云うまでもない、これから本能寺へゆくのです、あの形相を見ないうち信長公にもしものことがあれば、私は死んでも死にきれません」

「ああいけません、危ない、宇三郎さん」

「放して下さい」

「いくさの中へ、あなたは殺されます」

狂気のように縋りつくお留伊の手をふりもぎるようにして、宇三郎はいっさんに外へとびだしていった。

六

四条の辻は走せちがう武者たちで揉み返していた。闇をぼかして、乾いた道から硝煙のように土埃が舞い上っていた、白川のほうから馬を駆って来た一隊が、東ノ洞院を坊門のほうへ上りながら、「二条城へ、二条城へ」と鬨をつくった。そこでも此処でも、鎧や太刀や、物具が戞かつと鳴り、旗差物がはたはたと翻った徒士武者の一隊が、大辻を北上しようとしていると、鬼殿のほうから疾駆して来た伝令騎が、手旗を振り振り、「四番手、南へ」と喚きすれちがった、すると徒士武者たちはわっと歓呼しながら、濛々たる土埃と共に西ノ院のほうへ押してゆく、こうして辻という辻が軍馬のどよめきで埋まっていた。

宇三郎はその混乱の中をけんめいに駈けぬけていった。いちど三条の通りまで出たが、そこは寄手の人数で身動きもならなかった、すぐにひき返して六角堂の下の小路を西ノ洞院へぬけ、走せちがう武者たちのあいだにまぎれて、ようやく本能寺の濠へとたどり着いた。そのとき「堀川口が破れた」といううわずった叫喚があがり、雪崩をうって西へ廻る軍勢の中へ、宇三郎はどうしようもなく揉み込まれてしまった。むざんや堀川口はすでに踏み破られ、今しも先陣の武者たちがどっと攻め込むところだった。

……宇三郎は突きとばされてのめった、起きあがる頭上に、剣が、槍が、凄まじく撃ち合った。築地の犬走に添って走ると、単衣に腹巻した者や、寝衣だけの宿直の侍たちが、到るところに斬り倒されて呻いていた、彼は血溜りに足を踏み滑らせたり、死躰に躓いたりしてなんども顚倒した。

客殿の庭でも、すでに守護兵と寄手の者とが斬りむすんでいた。右大臣は、信長公はどこにいるか、気も狂うばかりに唯その事だけを念いながら、宇三郎は方丈の脇から高廊下の下を、客殿のほうへと廻っていった。……病気だけは治ったが、躰力はまだすっかり恢復してはいない、ともすれば息苦しくなり、足もよろめいた。然し執念ともいうべき一心が彼を支え、身の危険を考えるいとまもなく前へ前へと彼を駆りたてた。……すると寝殿の横手へ出たときである、彼はとつぜん「あっ」とこえをあげて立止った、寝殿の正面高廊下の勾欄に片足をかけて、矢継ぎばやに弓を射ている武将があった。まわりには長巻を持った侍女たちが、守護するようにい並んでいる、まさしく右大臣信長に違いない、「ああ」と、宇三郎は身をふるわせながら高廊下の下へ走りよった。

信長は生絹の白の帷子に紫裾濃の指貫をはき、忿怒の歯をくいしばりながら、弦音を絶やさず寄手の上へ矢を射かけていた。宇三郎は全神経を眼に集めて、くいいるようにその面を仰ぎ見た、けれどもこれほど異常なばあいにもかかわらず、かつて浜田の駅で見た形相は現われていなかった。だめか、宇三郎は拳で空を打った、あれは白昼に見た幻だったのか。否、いなそんな筈はない、たとえ万人は誤り見るとも、宇三郎の眼に狂いはない、きっと出る、あの形相は必ず現われるに相違ない。わなわなと身を震わせながら、眼叩きもせずに見あげていると、やがて信長の持った弓弦がふつと切れた。それと見て侍女の一人が捧げ持っていた十文字槍をさしだした。そのとき方丈のほうから、血がたなを持った小姓たちが二三人、髪をふり乱しながら走って来て、「お上お館へ火が掛りました」と喚いた、信長は愕然としたようだ、「なに火が掛った」と向直るところへ、水牛の角の前立うった兜に、黒糸縅の鎧を着たひとりの武者が、勾欄に手をかけて跳ね上るのがみえた、「ああ敵が」とみつけた小姓の一人が、駈けよりざま斬りつけたが、刃は鎧を打ってがっと鳴っただけだった、そのとき相手はすばやく勾欄をまたぎ、大きく喚きながら強かに小姓の脾腹を薙ぎ払った。これを見た信長が手にした槍をとり直すと、それよりはやく、「そやつ蘭丸が承る。お上には奥へ」と叫びながら、もう一人の小姓が走せつけた。いつか浜田の駅で見かけたあの美少年である、大槍をとってまっしぐらに踏み込むと、いきなりその武者の高腿へ一槍つけた。武者は呻いて、太刀を振って槍を切ろうとした、小姓は巧みに槍を手繰り、石突をかえして相手の首輪を突き上げた。武者はだっと勾欄へよろめきかかったが、なにやらするどく叫ぶといっしょに、うしろざまに高廊下から庭へ転げ落ちた。

　このあいだに、宇三郎は殆んど夢中で勾欄をよじ登っていた。そして向うにもこっちにも、わらわらと踏み込んで来た寄手の兵が、「右大臣殿に見参」「二位公に見参つかまつる」と喚き交わす声を聞きながら、信長の後を追ってまっすぐに奥殿へと進んでいった。

七

奥殿は噎せるような煙の渦だった。ひとりの鎧武者が、槍を持って襖を蹴放しながら、渡殿のほうへ走り去った。宇三郎は信長の姿を追ってさらに奥へはいると、控えの間とみえるところに四五人の侍女たちが、いま自害したばかりであろうまだ呻きごえをもらしながら紅に染まって倒れていた。そこへ二人の鎧武者が宿直の若侍たちと斬りむすびながら押入って来た、「しばしのあいだ防げ、腹をするぞ」という信長の叫びが聞えた。それに応じてあちらにもこちらにも「お上の御生害だぞ」「いずれも斬死だ」「一歩もひくな」「御先途をつかまつれ」そういう絶叫が起こり、若侍たちは必死の刀をふるって、寄手の武者を次の間へ追い詰めた、……寝所の襖にはもうめらめらと火が這っていた、眉を焦がすような熱気と、息苦しいほど密な煙の中に、信長は上段へどっかと坐して、「蘭丸、蘭丸はおらぬか」と叫んだ、返辞はなくて、敵味方の凄まじいおたけびと打物の響きが、しだいにこちらへ近よって来る。「日向め」と、信長は眉をつり上げて叫んだ、「……光秀め、むねんだ」

そのとき、倒れた襖の向うに宇三郎がつく這っていた。彼は今こそ見た、壁代も、御簾も、襖も、火竜の舌のような火が舐めている。業火とはこういうものをさすのだろう、地獄変相図そのままの焔だ、そしてその火の中に坐って、肌を寛げる信長の顔に、あれほどの執着をもって彼の待ち望んでいた形相がありありと現われたのだ、

「………」熱病にでも襲われたように、ふるふると全身を震わしながら、宇三郎は痛いほど眼をみはってじっと信長の顔を覓めた。

「……右大臣殿、見参つかまつる」

とつぜんそう名乗りをかけながら、一人の鎧武者が、煙を背になびかせつつ踏み込んで来た。信長は幽鬼のような眼で振り返った、そのとき神速に走せよった鎧武者は、「天野げんざえもん候」と云いさまさっと一槍つけた、「……御免」

「すいさんなり下郎」高腿を突き貫かれて信長ははげしくうしろへ腰をおとした、それと同時に、西側の壁がどうと火の粉を散らしながら崩壊し、天井の一部が燃え堕ちて来た。

「あっ」宇三郎は危うくとび退いて、「見た、見た、見た」と狂気のように叫んだが、そのまま煙の中を、泉殿のほうへとしゃにむに走った。

どこをどうして脱け出たかわからなかった、火に追われ煙に巻かれ、転げている死躰に躓きながら、まだそこ此処に斬合っている人びとのあいだをすり抜け、庭から木戸へ、そして堀川口から外へ出た、本能寺の炎上する火明りで、道も街並も昼のように明るかった。彼は走せちがう兵馬を避けながら、鬼殿のほうへ曲った、するとうしろから、「宇三郎さま」と呼んで追って来る者があった。ふり返るとお留伊だった、血ばしった眼をして、髪をふり乱して、裾もあらわに追いついて来た。

「お留伊さん、いったいどうしたんだ」

「ああご無事で、宇三郎さん」お留伊は彼にとびついた、「よかった、よかった、わたくしもうだめかと思って」

「とにかく、ゆきましょう、ここはまだ危ない」

彼はそう云いながら、娘のからだを抱えるように走りだした。まっすぐに四条の畷みちを河原へぬけた、そこにはさすがに兵馬の姿はみえず、川の上には乳色の朝霧がながれていた。かれらはどちらも苦しげに肩で息をしていた、ある限りのちからで走り、危険からのがれたと感ずると、激しい呼吸が胸をひき裂くかと思え、どちらからともなく抱き合うようにして、露にしめった夏草の上へ倒れた。

「わたくし、すぐあとから追ってまいりました」お留伊は息苦しさと、つきあげてくる情熱にわれを忘れ、そう云いながら犇(ひし)と男をひき緊(し)めた、「……あなたはきっとお死になさる、それならごいっしょに死のう、そう思って追ってまいりました」「死ぬどころですか」宇三郎も娘の手をつよくひき寄せた、「……私は見たんだ、お留伊さん、私は誤ってはいなかった、いつか浜田で見たとおりのものを私は見たんだ、こんどこそまちがいはない、私は世に又とない面を打ってみせます」

「苦しんだ甲斐(かい)がありましたのね、宇三郎さん、うれしい」

お留伊は男の胸の上に顔を伏せ、身もだえをしながら噎(むせ)びあげた。夜はすでに白じらと明けていた、そしてくっきりと暗く、濃い紺色に空を劃(かく)する東山(ひがしやま)の峰みねの上に、一夜の悲劇を弔(とむら)うかの如(ごと)く、茜(あかね)いろの横雲がたなびいていた。

八

宇三郎はけだるいからだを、古びた褥(しとね)の上に横たえていた。あげてある蔀戸(しとみど)をとおして、湖のほうから吹いて来る爽(さわ)やかな風に、この家を囲んでいる竹籔(たけやぶ)がさやさやと葉ずれの音を立てている、そのおちついた静かな音は、そのまま宇三郎の心を語るかのようだった。

「やったなあ」彼は吐息と共に呟いた。京からすぐに小坂へ帰った宇三郎は、まだ衰えのひどいからだに鞭打つような気持で、まる二十七日というもの仕事場に籠り、寝ることも食うことも忘れて羅刹の面を打ち上げた。着彩も思ったよりはうまくいった。そしてそれを浄津へ届けると、精も根も尽きはて、虚脱したような気持で、もう三日あまりもこうして寝ているのだった。心はいま水のように澄んでいた。彼は確信をもって羅刹の新しい形相をつかみ、いのちをこめて仕事をした。ちからいっぱいに彫り、彩色にはくふうの限度まで生かした、これこそ百世に遺る作だ。そういうかたい自信と大きな誇りが、胸いっぱいにふくれあがっていた。もはや近江井関の名跡を継ぐ継がぬなどは、問題ではない、彼にはもっと輝かしく高い将来がみえていたのである。

表からしずかにお留伊がはいって来た。

「宇三郎さん、父さんがみえました」

「そうですか、お一人でいらっしゃいましたか」

「宗親さまも外介さまも御一緒でございます」

「それでは起きましょう」

宇三郎は起き直って衣紋を正した。きょうは藤原家の荘園で、三人の打った仮面の鑑査があった、選ばれた作に近江井関の跡目を譲り、お留伊を妻わせるという、大事な決定のある日なのだ。然し宇三郎は鑑査の席へ出る気持はなかった、三位の侍従などになにがわかる、ただ親方さまだけに見て貰えばいい、そう思って家に残っていたのだ。

「どうなったでしょう」お留伊は不安そうに彼を見あげながら、低いこえで囁くようにそう云った、「……大丈夫でしょうか」

「それが心配になりますか」

「心配は致しませんけれど、もしかして」

「ああお待ちなさい、直ぐにわかりますよ」

そこへ上総介親信が、二人の門弟といっしょにはいって来た。宗親も外介も、宇三郎には兄弟子に当り、共に親信の家で辛酸を嘗めて来たあいだがらである。「宇三郎おめでとう」はいって来るなり、まだ坐りもしないうちに宗親がそう云った、「おまえの作が選ばれたぞ、三作の随一はいうまでもない、古今に類のない名作だと折紙がついたよ」そして少し吃る癖のある外介も口せわしく付け加えた、「猿楽四座の者も立会ったが、一議なしにおまえの作と定ったのだ」「なにしろ見てびっくりした、塗りといい相貌といいまったく凄まじいほどの出来ばえだ、侍従さまは余りに凄

「すぐ御宝物帳にお記し下さるそうだぞ」

絶で肌が粟だつと仰せられた」

「侍従家の宝物帳に載っているもので、近世では三光坊の一作があるだけだろう、これはおまえ一人ではない近江派のためにたいそうな名誉だよ」とめどもなく二人の口を衝いて出る賞讃の言葉を、お留伊は堪えきれぬ涙と共に夢ごこちに聞いていた。それにもかかわらず、宇三郎は唇のあたりに微かな笑みを含んだまま、黙って冷やかに聞いているだけだった。

「さて宇三郎」やがて親信が静かに口を開いた、「いま聞くとおり、三作の内おまえの仮面が第一と定った、初めの約束どおり、お留伊はおまえの妻にやる、おまえと娘に異存さえ無ければだ」

まさか今ここでそれを云われようとは思わなかったので、お留伊はからだじゅうの血が一時に顔へ上るような恥ずかしさに襲われ、はっと面を伏せながら脇へ向いた。

「それから」と、親信はつづけた、「……一作に選ばれた者には、井関家の跡を継がせるとも云ったが、少し考えることがあるのでこれは暫く預かって置く」

「…………」意外な言葉を聞いて宇三郎はあっと思った、「それはどういうわけでございますか」

「今はなにも云えない」親信はきわめて冷淡にそう云いながら座を起った、「……七夕会には、わしとおまえと二人、侍従家の猿楽に招かれている、まだからだが本復していないようだが、ぜひ拝観にあがるがいい、必ず待っているから」そう念を押すと、帰るぞと云って土間へ下りた。

宇三郎も意外だったが、宗親も外介も、お留伊にとっても思いがけない結果だった、みんなどうしたことかと呆れて、暫くは茫然と息をのむばかりだった、宇三郎の拳はわなわなと震えていた。

九

それからちょうど四日め、七月七日の午後のことだった。近江のくに山田、井草河畔にある三位侍従ふじわらの糺公の荘園は、七夕会の催しで賑わっていた。舞殿にはすでに猿楽のしたくが出来て、保生一座の鳴物も揃い、芝居の筵には拝観の人びとが刻のくるのを待ち兼ねていた。舞曲は「悪霊逐い」という糺公の自作だった、田畑を荒らす悪鬼、夜叉のたぐいを、摂伏諸魔善神が現われて得度せしめると、無著羅刹が善性を顕現して、かえって大いに衆生を慈霑する、そういう趣向で、羅刹は糺公がみずから舞うのであった。

ようやくその刻が来た。宇三郎は師の親信同座で、舞台のま近にかしこまっていたが、鳴物が始まると静かに前へ身を乗り出した。「宇三郎」と、親信が囁くように云った、「……気を鎮めて見るのだ、初めて晴れの舞台にのぼるおまえの仮面おちついてよく見るのだぞ」「はい」宇三郎はそう答え、眸を凝らして舞台を見た。

舞は厳かに始まった。まず保生進その他の扮する悪鬼、夜叉のたぐいが現われ、疫癘を下し田畑を荒らす猛だけしい演技があった、これが暫く続くとやがて、調子の高い鳴物が起こり、間もなく紀公の扮した羅刹が、真剣を捧げて颯さっと、橋掛りから舞台へ進み出て来た。そのときである、脇眼もふらずじっと羅刹の面を覓めていた宇三郎が、ああとぶきみな呻きごえをあげた、親信はするどく彼をかえり見た。宇三郎の顔からみるみる血のけが失せ、額にはふつふつと膏汗が吹きだしてきた、そしてまるで瘧にでもかかったように、彼の五躰は見えるほど震慄し始め、固くくいしばった歯のあいだから、抑えきれぬ呻吟をもらしたかと思うと、両手で顔を掩いながらそこへうち伏してしまった。親信は言葉をかけようともせず、ただ冷やかにそれを見ていた。それからやがて猿楽が終ったとき、はじめて宇三郎の肩へ手をかけながら、「宇三郎、終ったぞ」と云った、彼は殴られでもしたようにはね起きた。

「親方さま、お願いです、お願いです」

「云ってみるがいい、なんだ」

「どうぞ、すぐ侍従さまに会わせて下さいまし、すぐに、どうしてもお会いしなければならないのです」

「いいだろう」と親信は頷いた、「……羅刹の面の打ちぬし、お願い申さなくとも侍従さまからお召しがある筈だ、案内してやるから来るがいい」そう云って立ちあがった。

家司を通じて伺うと、すぐに許しが出た。二人はそのまま便殿へ導かれていった。……侍従紀公はちょうど衣装を脱いだところで、はいって来る親信師弟を見ると、

「ああ近う近う」と機嫌よく身近へ招いた。それから親信が宇三郎を披露すると、悦ばしげになんども頷き、面の作の稀な出来ばえと、その苦心に対して言葉をきわめて褒めた。

「活き面とやら申すそうだが、まことに生あるもののようで珍重に思う、麿のいえの宝物帳にのぼせてながく伝える積りだ、いずれ沙汰はするが、なにか望みの物があれば申してみい」

「過分のお言葉を頂きまして恐れいりまする、仰せにあまえお願いがございます、私の打ちました羅刹の仮面、いまいちど検めさせて頂けまするよう」

「ほう、これを検めるというのか」紀公になにげなく面を取ってさしだした。宇三郎は少し退って、暫くのあいだじっとその面をみつめていたが、なにを思ったのだろう、とつぜんそれを膝の下へ入れてぐいと圧した、「なにをする」紀公がそう叫んだとき、羅刹の仮面は膝の下で音たかく二つに割れた。侍従は膝をはたと打ち、「親信、これはなんとしたことだ」と叫んだ。

「ああ暫く」親信は平伏しながら云った、「……不作法は親信いかようにもお詫びつかまつります、然しこれには宇三郎より申上ぐべきことがあると存じます、なにとぞお聞き下さいますよう」

「もちろん聞こう、聞こうぞ宇三郎」

「恐れいり奉ります」宇三郎はそこへ平伏したままこう云った、「……私ごとき未熟の腕で打ちました仮面、おめがねにかなって三作の一に推されましたことは、一代の面目これに越すものはございません、私もこんにちまでは、おろかにも百世に遺る作と自負しておりました、然し、さきほど舞台に上るのを見ましたとき、私は初めて増上慢の眼が覚めました、これは名作どころか、悪作のなかの悪作、面作り師として愧死しなければならぬ、邪悪の作でございます」

「どうしてだ、なぜ、どこが邪悪なのだ」

「申上げまする」宇三郎は呻くような調子で云った、「……このたびの作は、わけあって右大臣のぶなが公の御顔を面形にとりました、打つおりにはわれを忘れ、正邪の差別もつきませんでしたが、いま改めて見ますと、この仮面に現われているのは信長公の瞋恚の形相でございました」

「…………」侍従はひしと眉をひそめた。

「残忍酷薄な忿怒の相でございました」と、宇三郎は苦しげに言葉を継いだ、「いかなる悪鬼魔神を打ちましょうとも、仮面は仮面として象徴の芸術でなければなりません、それがこの羅刹の面は、ひとりの人間、信長公の瞋恚忿怒の相そのままでございます、仮面としてはまことに邪悪外道の作でございました」

「宇三郎、あっぱれだ」紀公の前を忘れたように、親信は思わずそう声をあげた、「よくそこに気がついた、よくそれを悟ってくれた、わしはその言葉が聞きたかった、それを聞くために今日まで待っていたのだ、あっぱれだ宇三郎」

「……親方さま」彼は両手で顔を押えた。

「今こそ云おう、この仮面が第一に選まれたときには、おまえに井関家の跡目は許さなかった、けれども今こそ許す、今こそおまえは近江井関を継ぐのだ」

宇三郎は泣きながらそこへ両手をついた。親信の眼にも涙が光っている、そして侍従紀公の老いの眼にも。……これ以上なにか語ることがあるだろうか、宇三郎はお留伊を娶り、河内大掾の名を許された、後の彩色は殊に傑れていたため「河内彩色」と称されたという。

徳川家康篇

御馬印拝借（おうまじるしはいしゃく）

一

土田源七郎が来たという取次をきいて、三村勘兵衛はうんと頷きながら口をへの字なりにひき結んだ。なにやら思い惑うといいたげな顔つきである、「うん……」もういちど頷いて天床をふり仰いだ、それから明けてある妻戸の向うの庭を見やった。すると庭はずれにある蔬菜畑でむすめの信夫がなにやらたちはたらいている姿をみつけたので、これまた慌てて眼をそらした。かたわらにいた妻のお萱は、そのようすを訝しそうに見まもっていたが、「いかがあそばしました、お会いなさいませんのですか」ときいた。「なに、ああ会う」勘兵衛はいそいで、「すぐにゆくから接待へとおしておけ……」取次の者にそう云って自分も立ちあがった。けれどもまだなにか心に決しかねるものがあるとみえ、屈託げに溜息をついたり、袴の襞を直したりした。そしてやがてふと妻のほうへふりかえり、にわかに思いついたという調子で、「どうだろう、あの鏡を源七郎に遣わそうと思うが……」と云った。お萱は良人を見あげたが、ああそのことだったのかと微笑した、「わたくしは結構に存じますが……」「信夫もいいだろうな」「それはもう申すまでもないと存じます」それならよいというように、勘兵衛は眉をひらきながらはじめてそこから出ていった。

土田源七郎は下腹巻のこしらえで円座の上にしんと坐っていた。額の秀でた浅黒い顔に意志のつよそうな唇つきが眼を惹く、二十六歳の逞しい筋骨はそれだけでも人を圧倒するようにみえるが、ぜんたいの感じは奥底の深い、しんとした風格に包まれていた。「好日でございます」源七郎の会釈に答えて、「ようまいった」といいながら勘兵衛は座についた、そしてそれなり言葉が絶えてしまった。源七郎はじっと襖のほうを見まもっているし、勘兵衛は膝の上で両のこぶしを代るがわる撫でている、しかし心の内では、——さあどうした、早くしないとまた折をのがすぞ、そういって自分を唆しかけているのである。ひとくちに云えば、かれはむすめの信夫を源七郎の嫁に遣りたいのである、源七郎は榊原康政の家来でその旗まわり十騎のひとりに数えられているし、またかれには甥に当っていた、つまりお萱の兄の三男であった、ゆかりも浅からぬうえに人柄もたのもしく、これこそ信夫の良人にとはやくからきめていたのだが、相手が無口であり勘兵衛がそれに劣らぬ口べたで、……今日こそと思いながら、つい切りだす折を得ないで来た。それなら仲人をたのめばよいわけだけれど、勘兵衛はどうしてもじかに話をきめたかった、「貰ってくれるか」「頂きましょう」そういうはっきりした約束を自分でとり交わしたかったのである。……相対して坐ったままかなりほど経てから、「じつはこのたび出陣いたします」と源七郎がようやく口を切った、「……先手組の番がしらに取立てられまして、こんにちこれより掛川城までくだります」「ほう、先手の番がしらか……」勘兵衛は眼をみはった、榊原の先手組はその精鋭とはげしい戦闘力をもって知られている、その隊長に選まれたというのはひじょうな抜擢であり名誉であった、「それはめでたいな、しかもすぐ出陣とは、……ではいよいよ甲州と始めるのだな」「いかがでございましょうか、わたくし如きにはなにも相わかりませんが、当分は掛川に駐まるものと存じますので、ご挨拶を申しにまかり出ました」「それはよう来てくれた、それではともかく祝儀のしたくを致そう」勘兵衛はそう云って立ちかけた、しかし立ちかけた膝を元へ直すと、急に意を決したというようすで、「……はなはだ突然ではあるが、そこもとが出陣するに当って、いや、その出陣するというについて話があるのだが」ひどく固くるしい調子でそう云いだした、「……と申すのは、じつはわしの家に伝来の古鏡がある、掌へはいるほどの小さな鏡だ、裏に牡丹の花が彫ってあるので牡丹の鏡と申しておるが、なんでも後漢時代の品だそうだ、いやもちろん時代などはどうでもよい、話というのは、つまりその、わしとしては信夫の婿になる者があったら、かための印としてその鏡を進ぜようと考えておった、つまり婚姻のかためのしるしとしてだ」勘兵衛にはそこまでこぎつけるのが精いっぱいだった、それだけでもう頸筋へ汗がふき出てきた。源七郎はちょっと眩しそうな眼つきになったけれど、やはりしんと坐っているきりだし、あとの言葉の続けようがなくなってしまった、それで思いだしたように「……とにかく祝いのしたくを致そう」と立ちあがった、源七郎はしずかに眼をあげた、「お待ち下さい、せっかくではございますがまだ挨拶にまいるところもあり、刻限も早くはございませんので祝って頂くいとまがございません、これで失礼を仕ります」「それはそうでもあろうが」勘兵衛は困ったようにそら咳をしたが「……とにかく待て」と云いさま足ばやに奥へ去っていった。

かなりながいあいだ待たされた、そしてやがて人の来るしずかな足音がした。それは勘兵衛ではなくてむすめの信夫だった、年は十八歳になる、とびぬけて美しいとはいえないが「三村の信夫どの」とかなり評判である、それは信夫の眼のためかも知れない、幼い頃からたいそう情けぶかい性質で、ひとが蜻蛉を捕るのを見ても泪ぐんでしまう、犬の仔や猫の仔をみるとすぐにふところへ掻き抱かずにはいない、召使の者が叱られても泣きだす、そういう気心がそのまま表われているような眼だった、みつめられるだけでこちらの心が温かくなり、生きていることさえがたのしくなるような眼であった。「このたびはおめでとうございます……」信夫は手をついてつつましく挨拶をした、暇どったのは身じまいをして来たからであろう、うすく化粧をして、余るほどの黒髪からは燻きしめた香が匂ってくる、源七郎は黙って会釈を返した、信夫はしずかに持って来た袱紗包みをさしだしながら「……父からお引出物にと申します、お恥ずかしい品ではございますがお納め下さいますよう」そう云って低く頭をさげた。「かたじけのうござる、頂戴つかまつる……」源七郎は手を伸ばして受け取った、それはまちがいなく今あるじが話した古鏡と思えた。かれは眼をあげてじっと信夫の面を見まもりながら「信夫どの、こなたはこの品がなんであるかご存じですか」「……はい」そう答えながら信夫も眼をあげた、心にしみいるようなあの眼だった、「……存じております、牡丹の鏡でございます」そしてにわかに赧くなった、それはふいに花の咲いた感じだった。源七郎はその面をたしかめるようにみつめ、やがて眩しそうに目叩きをしながら云った、「たしかに頂戴いたします」

勘兵衛夫妻が源七郎を式台まで送って出た。信夫は居間へさがって、着替えをすると、すぐにまた庭の菜園へおりていった。僅かな時の間に自分がまるで違う人間になったように思える、牡丹の鏡を贈ることがなにを意味するかは父から聞かされた、かねてそうなるのではないかと考えたり、また自分のようなふつつかな者がと諦めたりしていた、それがいよいよ事実になった、自分はやがて土田源七郎の妻になるのだ、そう思うとなんともいいようのない感動で胸がいっぱいになり、空の色もあたりの樹々も、畑の蔬菜のみずみずしい緑までが、今はじめて見るもののように、びっくりするほど新鮮にみえだすのだった。するとふいに、……信夫どのという人の呼びごえが聞えた、「信夫どのこちらです……」声は裏木戸のほうだった、ふり返ってみると、木戸を開けてつかつかとひとりの若者がはいって来る、甲冑を着けているのでちょっとわからなかったが、近づくにしたがって河津虎之助だということがわかった。虎之助もおなじ榊原康政の家来で、父親同志が親しかったから、この家へもかなりしばしば往来していた。「いよいよ出陣です……」かれは昂奮した調子でそう云いながらあゆみ寄った、「甲斐と手切れになったのです、先手組に加わって掛川へゆきますが、なにか非常な持場へつくようですから生還はのぞめません、こんどこそみごとに討死とかくごをきめています」そこまで聞いて信夫は胸をつかれた、源七郎はなにも云わなかった、そんなことはひと言も口にしなかった、本当だろうか、われ知らず心がよろめいたとき、虎之助のせきこんだ言葉が耳へつき刺さった、「……約束して下さい、万一にも生きて帰ったら、そのときは虎之助の妻になると、もちろん生きて帰るつもりはありません、死にもの狂いになって戦い、りっぱに討死とかくごしています、それだからこそこんなことを云うのです、信夫どのおねがいです、出陣のはなむけに約束して下さい、みれんではない日頃のねがいをたしかめてゆきたいのです、無礼もぶ作法も知ってのおたのみです、信夫どの、どうか承知したと云って下さい」抑えに抑えたものが迸り出るような言葉だった、討死とかくごを決めた若い生命の、それがさいごの叫びだろう、真一文字につきつめた声音を浴びて、信夫は紙のように色を失った、「……はい」と夢中で頷いた、「はい……わたくし」「ああ約束してくれますか」ああと虎之助は燃えるような眼で大きく空をふり仰いだ、「ありがとう、これで心残りなく出陣することができます、あなたの心さえたしかめればあとの話は改めて……いや、それはいま云う必要はありません、ありがとう信夫どの」かれは手を差出そうとしたが、さすがにそうは仕かねたとみえ、時刻が迫っているからと云って、情熱の溢れる眼でじっと信夫を見まもり、すぐに決然と身をひるがえして裏木戸から去っていった。

　すべてはあっという間の出来事だった。夢のようでもあり、通り魔にも似ていた、信夫は喪心した者のように暫くはそこへ立ち竦んだままだったが、やがて口のうちで「はい……」と呟き、その声で愕然と眼をみひらいた、……いいえ違います、違います虎之助さま、こえを限りにそう叫びたかった、しかしもう遅いのである、一転瞬のうちにすべてが崩壊し去った、たったひと言の「はい」が運命を変えた、そのひと言はとり返しようがないのである。信夫はひしと眼をつむり、そこへくたくたと膝をついてしまった。

二

どこかに月明りでもあるような仄白んだ夜空から、こまかい霧粒のような雨が音もなく降りしきっている、五日あまり少しの霽れ間もない霖雨だったが、どうやらもうあがりそうなようすで、山の背のほうではしきりに風のわたる音がしていた。あまり深くはないが、山峡の傾斜のひどい道で、そのうえ両がわから蔽いかぶさる灌木の繁みに塞がれているため、一列になった兵たちの一人ひとりが、その枝葉を押しわけて登らなければならなかった。……源七郎は先頭にいた、籔沢という所を過ぎてからは隠密挺進を命じてあるので、兵たちはみなしわぶきひとつせず、滑りやすい坂道を登る喘ぎと、掻きわけてゆく叢林のざわざわいう音だけが、僅かに列の動きを示しているばかりだった。……死んでくれ、全員あげて討死をしてくれ、掛川を出るとき云われた言葉は今もまざまざと耳にのこっているし、そう云ったときの康政のくいいるような眼光も忘れられない、かれはその言葉とまなざしとを思いかえすことによって、当面している任務の重大さを改めてたしかめる気持だった。

甲斐の武田氏と三河の徳川氏とのあいだになにか事が起こるであろうとは、すでに世人のはやくから推察していたところである、これまで両家には大井川を堺として互いに侵すべからずという一種の不侵略条約がとり交わされていたが、戦国の世のことではあり、雄大な勢力をもっている武田晴信が、当時ようやく擡頭しはじめたばかりでまだ劣弱な存在でしかなかった徳川氏との盟約を、どこまで守るかはまったく疑問だった。そしてその疑問が、ついに事実となってあらわれるときがきたのである、……駿河のくに府中城（駿府ともいう、現在の静岡市）には武田氏の部将である山県三郎兵衛昌景が二軍の軍を擁していた。かれはそのころ勇猛の名を知られた人物で、もとより小徳川氏などは眼中になく、しだいに羈束をやぶり、島田に陣屋を設けたうえ、大井川を越して遠州城東郡の米を奪い、到るところで傍若無人のふるまいを仕はじめた。かくて永禄十二年（一五六九）五月の或る日、徳川家康が馬まわり百騎ばかりをつれて、金谷から大井川の西岸を巡検に出たとき、山県昌景が千五百騎あまりの兵を率いて来るのと出会った、そこは川を越した金谷の駅に近いところで、つまり不侵の約束をふみにじった現場をみつかったわけである、昌景はさすがにぐあいの悪そうな顔で、目礼をしてそこそこにゆきすぎたが、家康の手まわりが僅かな人数であるのを見るとにわかに馬を返し、乱暴にもいきなり抜きつれて襲いかかった。家康はすばやく狭隘の地へしりぞいて迎え、本多忠勝、榊原康政、大須賀康高らが死を決して斬り込んだ、御しゅくんの危急を救おうとする一念不退転の切尖に、たちまち七八騎を斬っておとすと、その勢に圧倒され、また時と場所の不利を察した昌景は、すぐに兵をまとめて退き去ったのである。それがこんどの手切れの原因となった、家康は浜松城へ帰るとただちに甲斐との一戦を決意し、掛川城へ援軍として松平清宗を入れ、松平家忠に馬伏塚の砦を守らせた。こうして正面の守備をととのえたところで、菩提山奪取という秘策をたてたのだ、菩提山は掛川から東北へおよそ十里、駿河のくに志太郡にあって、高さは七百尺あまりだが上に堅固な砦が築かれている、府中城の外塁として、遠州からの攻口をにらむなかなか重要な拠点であった、これを攻略して敵の側面へ一石を打とうというのである、……選まれたのは榊原の先手組で、土田源七郎を旗がしらに百五十騎、精兵すぐって敵塁へと挺進して来たのだった。菩提山奪取の使命は徳川本軍が駿河へ突入するまで府中の兵力を牽制するにある、すなわち府中攻撃の捨石になるわけで、――全員あげて討死せよ、という意味はそこを指したのだ。

「しるしの松ではありませんか……」すぐうしろにいた河津虎之助がそう云った、

「そこに見えているようですが」「うん……」源七郎は足をとめた、探索を放ってしらべさせた標の松、敵塁攻撃のあしばとなるべき場所へ着いたのだ。それは山の中段にある台地で、大きな赤松が叢林の中にぬきんでており、そこから上は草木を伐りはらった裸の斜面で頂上へと続いている、「息をいれろ……」源七郎はそう命じ、行李の荷駄が着くのを待って、その中のひどく嵩張る荷をひと包みだけ別にした、なにが入っているのか、重くはないがひどくかさばかりある包みだった、「……末吉、末吉孫兵衛はいるか……」源七郎は低いこえで一人の若者を呼びよせると、「これをそのほうの組で頂上まで運べ、大切にするんだぞ」そう云ってその包みを孫兵衛にわたした。

三

午前三時を過ぎた。じゅうぶんに休息したうえ、軽装になった兵たちは二手にわかれ、砦の西と南から急な斜面を匍匐してじりじりと塁に迫った。いよいよ雨のあがるしらせだろう、遠く東のほうに雷鳴が聞え、あたりは幕を張ったように霧が巻きはじめた、……その濃霧のなかに、息をころして這い登ってゆく兵たちの、合印の白い肩布がちらちらと見えつ隠れつする、頂上の石塁はもう目前に迫ったが、そこにはなんの物音もなく、ひっそりとして人のけはいも感じられなかった。……源七郎は南がわから五十人を率いて登ったが、やがて高く右手をあげてうち振った、先鋒の斬り込む合図だ、五人の銃手が鉄砲をあげていちどに射った、深閑たる暁闇をつんざいて火がはしり、谷々にこだまして銃声が轟きわたった、そして西がわから百人の先鋒が切尖をそろえて塁壁へおどり込んだのである。

　不意うちはみごとに効を奏した。まだ府中でさえ徳川軍が動きだしたことは知らない、ましてここまで突っ込んで来ようとは予想もしていなかったので、先鋒が斬って入るや砦の中はまったく混乱におちいった。そのまま潰走し去るかとみえたがさすがに甲斐武士で、斬り込んで来た人数が少ないのをみるとやがてたち直り、具足を着けるいとまもなく素肌でとびだしたような者までが、手に当る槍かたなを執って猛然と反撃に出はじめた、そこへ南がわに待機していた源七郎の五十騎が面もふらず突っこんだ。……濠を塹り石で組上げた砦の中はひどく狭い、その狭い通路で、溜り場で、塁壁の蔭で、絶叫と呶号がとび交い刃と槍とがあい撃った。凄絶とも壮烈とも形容しようのない白兵戦が到るところに展開し、それがしだいに砦の外へと移った、勝敗のわかれがあきらかとなり、塁をとび越え山腹を転げながら敗走する敵が眼につきだした。……源七郎は五人ほどの敵を斬り伏せたあと、塁壁の上に立って戦闘の指揮をしながら、榊原の先手組がいかに剽悍な戦隊であるかをまさしくおのれの眼で見た。一人ひとりの精強なことはいうまでもないし、組となれば組ぜんたい、隊となれば隊ぜんたいが一つの戦気にかっちりと結びつき、いかにも自在にその能力を発揮する、なかでも特に眼を惹いたのは河津虎之助だった、かれは求めて強敵に当り、いきなりおのれの全身を相手の切尖へぶっつける、敵を斬るまえにまずおのれを斬らせようとするかにみえる、その真向からぶっつけてゆく大胆不敵さは無類のもので、いかなる強敵も殆んどこれを遮ることができぬ有様だった。……戦いは疾風の颯過するおもむきで終り、朝あけの輝かしい光のなかで高らかに凱歌をあげた土田隊は、やすむひまもなく敵の逆襲に対する防備をととのえた。荷駄をあげ、銃隊を配置し、崩れた塁壁を直し、見張りを立てた、そして敵味方の死傷者の始末をしてから、人員の点呼をした、味方の損害は死者二十余人と僅かな負傷者で、考えたよりもはるかに圧倒的な勝ち戦だった。

兵粮をつかうゆるしをだしたのは午前八時をすぎた頃である、思い思いの場所に寄合って弁当をひらいた兵たちは、まるで野遊びにでも来た子供のように嬉々としていた、「おい、本当に朝飯まえということはあるものだな……」誰かそう云う者があった、いかにも感に堪えたという声音だったので、わっと笑いだす者があり、「黙れ弥五」とか「そんなことは榊原先手組の通例だ」とか喚きだす者もあって、満々たる活気がゆれあがるようにみえた。……てばやく兵粮をつかった源七郎は、ひとりで砦塁を隅々まで見まわった。武庫三棟、糧秣倉があり、東に面して馬の通う道がついている、空濠は二重で、そのうしろに石塁を築きあげ、西南の隅にものみの望楼がある、その下の石室のような造りが部将の詰所であろう、そこから狭い通路が兵たちの長屋へ続いていた。「……水がないな」すっかり見まわったかれは、眉をひそめながらそう呟いた、「なかなか堅固な砦だ、これなら小勢でもじゅうぶん戦える、水の補給さえつけば……」まず水の湧く場所をみつけなければなるまい、そう呟いているところへ河津虎之助がやって来た、「汗をおながしなさいませんか、いま水甕をみつけだしたのですが……」「いいな」源七郎はすぐに踵をかえした、「しかしみんなにゆきわたるほど有るか」「いや下へいま水場を捜しにやりましたから……」そう云いながら虎之助は望楼の下へ導いていった。そこには四斗あまりも入りそうな水甕が担ぎ出してあり、半挿のしたくもできていた、それを見ると数日来の汗と膏で粘りつくような肌が急にやりきれなくなり、源七郎はいそいで具足をぬぎにかかった。虎之助はそばから手を貸していたが、脱ぎすてられる物を片寄せているうちに、ふと小さな袱紗包みをみつけだし、なにやら訝しそうにじっとそれを見まもっていた。源七郎は頭からざぶざぶと水をかぶりはじめた。

四

「これはやりきれない、こう暑くてはどうにもならん、骨まで腐ってしまうぞ」だるそうな声でそう云う者があった、「……また始めたぞこいつ、ほかになにか云うことはないのか、口さえあけば暑い暑いと知恵のないやつだ」「……じゃあきさま暑くないのか」「暑いと思えば暑いさ、寒いと思えば寒い、すべてこれにんげん妄念のいたすところだ、唐のなんとかいう詩人のなんとかいう詩だっけ、安禅がどうとかして心頭を滅却すれば火もまた涼しと転結に云っているくらいだ」「安禅がどうするんだ」「安禅はどうでもいい心頭滅却というところが肝心だ」「どうでもいいといったって安禅がどうかするから火も涼しくなるんだろう」「いや安禅はどうもしやしない、安禅はなんにもしないんだ」「どうしてなんにもしないんだ」「……ぶん殴るぞ」まわりの者がみんな笑いだすと、向うからひとりが呼びかけた、「弥五に構うな、そのくらい無道理なやつはないぞ、このまえ犬居攻めのときだったが、総寄せになって矢だまのなかをひた押しに突っ込んでゆくと、弥五めおれの前へのそのそと背中を持って来た、……なんだときくと、背中を蚤が食っているからちょっと手を入れて掻いてくれと云うんだ」なに蚤だってという声につれてみんなが失笑した、「……なにしろ矢だまのびゅうびゅう飛んで来るまん中だからな、さすがのおれもあいた口が塞がらなかったよ」「それできさまどうした」「おれか、おれはその、どうしたって、それは榊原の先手組だ、頼まれていやとは云えないじゃないか」「つまり背中へ手を入れて掻いてやったわけか」「いってみれば、まあ、そういう結果になるが……」こんどこそみんないちどに笑い崩れた。弥五と呼ばれる男は少しも動じない顔つきで、「おまえは無道理だなんぞと云うがな、勘解由小路二郎三郎左衛門、鉄砲だまに当るのはがまんできるけれども、蚤に食われて痒いのは堪らないぞ……」そう云いながらかれはいかにも堪らなそうな身振りをした、「まして甲冑を着けて、蒸されて、汗がじとじと流れているときなどは、背中じゅうがむずむずして、こう……このへんが」「おいやめろ弥五兵衛、なんだかこっちまで痒くなって来る……」

日蔭になっている溜り場のはなしごえを聞きながら、源七郎は砦をまわってゆき、崖へつきだしに組上げてあるものみへ登った。六月はじめの夏空は浮き雲もなく晴れあがって、真上からふりそそぐ日光があたりの塁壁へ眼も痛いほどぎらぎらと照りつけている、しかしものみへ登ると駿河の海まで見わたす壮大な眺望がひらけ、吹きわたる風も膚にしみるほど爽やかだった。……この砦を占拠してからもう十余日になる、いつ逆寄せして来るかも知れない敵に対して、この僅かな日数がすでに決して楽なものではなかった、砦には水が無いので、夜になると敵の監視の眼をくぐっては谷峡まで汲みにゆく、食糧も少ないし矢も弾丸も足りない、これは掛川城から補給が来る筈ではあるが、それまではいま持っているだけでいかなる挑戦にも応じなければならないのだ、一戦して死ぬだけなら問題はないけれども、本軍の駿河進攻まで敵兵力をひきつけて置くのがさいごの目的だとすると単純ではない、しかも敵がどう攻めて来るかによって防戦の法がきめられるので、困難はいっそう大である、――煩悩すべからず、源七郎は幾たびも繰り返しそう戒めた、挑んで来る戦いがいかなるかたちであろうとも、これを最終の目的までひきつけて放さぬ、その一点のほかに為すべきことはないのだ、すべては事実に当面してからである、そのまえの思案は却ってまぎれの因となるだろう。……源七郎は眩しげに眼を細めながら、紺碧色に凪いでいる遠い海の色を見まもり、ふと浜松の山河を思い描いたが、そのときうしろに人の足音がするのを聞きつけてふり返った。登って来たのは河津虎之助であった、「……ここは涼しゅうございますな」かれはそう云いながら近づいて来た、「むやみに登って来てはいけない、敵の目標になって狙撃されるぞ」源七郎がそう止めるのを、――ちょっとお話があるのですと押し返して、かれはじっとこちらの顔を見まもった。おなじ榊原の家臣ではあるが、先手組へ来るまで源七郎はかれのことをよく知らなかった、かれがすばらしい戦士であるのを知ったのはこの砦を攻めたときのことで、その敏捷と大胆不敵な戦いぶりはまざまざと記憶にある、それで源七郎はかれに抜刀組のかしらを命じ、ひそかに片腕ともたのんでいたのであった。

「はなしというのはなんだ……」「じつは先日ふとして拝見したのですが」虎之助はなお相手の眼をみつめながら云った、「……お旗がしらは珍しい漢鏡を持っておいでですな、あの袱紗に包んだ品ですよ」源七郎は眉をひそめた、それはいつも鎧の下へつけて、なるべく人眼に触れぬようにしていたものである、どうして河津がそれをみつけたのかわからず、不快な気持で次ぎの言葉を待った。

五

「あの鏡の裏にはたしか牡丹が彫ってあると思いますが、違いますか」「……どうしてそんなことをきくのだ」「牡丹の鏡なら拙者も或るところで見たことがあるのです、ちょっと仔細のある品でした、後漢時代のものだというそのねうちは別として……」そう云いながら、かれはしつこく源七郎の眼をみつめて離さなかった、「その仔細というのはこうなんです、その鏡の持主には美しいむすめがあって、鏡はそのひとの嫁入り道具に持たせてやる、……つまり婿ひきでというような意味でしょう、拙者が拝見したときその持主はそう云っていました、ところがあなたがその鏡を持っておいでになる、とすると、つまり」「つまりそれは」と源七郎が遮った、「どっちにしてもそこもとには関係のないはなしだ……」「そうお思いですか」虎之助は唇をぎゅっと片方へ歪めた、「……本当にかかわりがないとお思いなら申上げますが、その古鏡が婿ひきでとして誰かの手に渡ったとしても、それは、当のむすめの知らないことなんです、というのはすでにむすめはほかに云い交わした者があるのですから」いつもしずかな源七郎の顔つきがそのときくっとひき緊った、虎之助はとどめを刺すような調子で「そうです」と続けた、「……そのむすめにはゆくすえを約した者がある、たとえ親がどうきめようとも、むすめの心はほかにあるんです、はっきり申上げますがそれはこの河津虎之助ですよ」そう云い切ったとたんである、源七郎がものも云わずに突然かれをもろ手で突きとばした、虎之助は仰のけにだっと倒れ「なにをなさる」と叫んではね起きようとした。そこへ源七郎が折り重なるように身を伏せて押えつけ「動くな」と叫んだ、「敵の狙撃だ、じっとしていろ……」しかしそれより早く、戛！　戛！　と銃弾がものみの塁壁を抉り、石屑と土をはね飛ばした。たあん、と谷にこだまして、銃声がかなり間近に聞える、虎之助はこくっと息をのんだ。しばらく飛弾の隙をみていたが、やがて源七郎は「はやく、この間に塁へはいれ」と虎之助を押しやった、「ひと言だけ云って置くがここは戦場だ、これから決して鏡のことなど口にしてはならん、……おれは此処にいる、下へいって二番組に松の木へ銃を伏せろといえ、敵は寄せて来るかも知れぬぞ」虎之助はつぶてのように塁の中へとびおりていった、源七郎は身を伏せたまま敵のようすを見やった。そこから山の斜面の東と南がわに三つの谷がある、敵はそこに陣を築いて攻撃の機を覘っているのだ、今そのいちばん左手の陣地のあたりに硝煙のあがるのが見えた。

「お旗がしら応射をゆるして下さい……」登り口から二番組の刀根五郎太がそう叫ん

だ、源七郎はならんと答えた、「射つべきときには命令をだす、用意だけして待て」「敵が見えているのです、お願いです、一発ずつでもいいですから射たして下さい」ならんというきびしい声で、しかしようやく五郎太は去っていった。敵はものみにいた二人を狙撃しただけで、間もなく銃声もやみ、あたりはうだるような暑さの下でふたたび元のしずけさにかえった。

思いがけぬところから思いがけぬ問題がおこって、源七郎の心は少なからず当惑した。虎之助がどんな男であるかは自分にはよくわかっている、戦いぶりそのままの直截なくもりのない性質で、決して根もないことをあのように云う男ではない、かれの言葉はおそらく事実であるか、よほど事実に近いものと思わなければならぬ、だがそれならあのときの信夫の態度はどう解したらいいのか、……この品がなんだか知っているかと訊いたら、信夫は顔さえ赧らめながら、――存じておりますと答えた、それは牡丹の鏡であるということよりも、その鏡のもっている意味をさしているようすがあきらかだった、少なくともかれにはそう見えたのである。もしすでに河津と云い交わしてあったとすれば、へいぜいの信夫としてあのような態度を見せられるわけがない、そう考えるのは誤りであろうか。――信夫の良人はおれだという虎之助のはげしい表情と、頬を赧らめながら心をきめたようにふり仰いだむすめの眼とが、牡丹の鏡を中心にして解きがたい謎を源七郎に押しつけるようだった。もちろんそんなことにいつまで心を苦しめていたわけではない、かれは妄念をふり棄てるようにすぐそのことを忘れた、今どんな小さなことを思う余地もないほど、かれの立場は重要である、そしてじっさい、間もなく敵陣の活気だってくるのがみえはじめた。

六

敵はひましに兵を増強した。遠い平原のほうから山峡の道を縫って、丘陵をまわり森をぬけて、人馬の足もとから立ちのぼる土埃がうねうねと動き歇まなかった、ことに檜峠のあたりでは旗差物のひらめくさまも見え、矢弾丸や兵粮の荷駄と思える夥しい馬の列も数えられた、「やつらは恐ろしく大がかりでやって来るな……」砦の人々は笑いながらそう云い囃した、「つまり駿府にありったけの物を持って来て見せるんだろう」「戦には負けても数では負けないというつもりなんだ」「もの惜しみをしないわけなんだな……」そういうむだ口の裏に、敵がひじょうな兵馬と矢弾丸を集注するのはこの砦を守る自分たちの戦力のすばらしさの反証であるという、誇りと快心の気持があからさまに表われていた。源七郎はしかし違った意味でよろこびをじっと抑えていた。敵がここへ兵馬を多く集めることは願ってもない幸運である、本軍進攻まで敵を牽制するという菩提山占拠の目的は、これでなかば成功したともいえよう、あとはこの敵をひきつけて置けばよいのだ、——ただひとつ矢だまが足りない、どう思案してもそれだけは不足だった。兵たちにもそれが懸念だとみえ、しきりに補給の荷駄の来るのを待ちかねていたが、やがて五人の組がしらが揃って意見を述べに来た、……掛川へ使者をやって頂きたいと云うのである、「敵の攻撃はすぐ始まるかも知れません、糧食はともかく矢だまはぜひ補給を要します、おゆるし下さるなら拙者が掛川へまいりましょう、「それはよそう、むろん補給が来ればそれに越したことはない、けれども此処の戦いはどれだけ矢だまが有ってもこれで充分という限度はないのだ、矢だまにたよるのはよそう、全員あげて討死というはじめの決意ひとつで戦ってゆこう」「仰せですが……」どこかに棘のある調子で河津虎之助がこちらを見た、「矢だまの補給がつけばついただけ戦いの効果もあがると思います、それともわれわれはただ討死さえすればよいのでしょうか、全員が討死さえすれば……」源七郎はきびしく五人を見まわして云った、「この隊の旗がしらは土田源七郎だ、命令はおれが出す、組がしらとしての意見までは聴くが指図にわたる言葉はゆるさん、いずれも持場へ帰れ」これまで曾てないきびしい調子だった、みんな威圧されたように黙るなかで、虎之助ひとりはしかし嚙みつくような眼で源七郎の横顔をにらんでいた。

それから数日して敵陣に新しく大軍の到着したようすがみえた、ちょうどその夜半に菩提山の砦へも待ちに待った掛川から補給の行李が着いた、かれらは五日まえに大井川を渉ったのだが、敵の監視の網をぐるのに時を費やし、菩提山の北がわの嶮路を攀じてようやくたどりついたのであった。考えたよりも余分の矢弾丸と、食糧に添えて酒が来た、けれどもそれより意外だったのは浜松に在る家族からの音信が託されてあったことだ、これはまったく予想もしていなかったので、そこにもここにも歓びの叫びがあがった。……源七郎には掛川にいる榊原康政からの密書と、そして浜松の三村勘兵衛からの手紙がわたされた。かれは自分の詰所へはいり、小さな燈明の光の下でそれを披いた、康政の書面は決戦の期を知らせるもので、……おん旗下本軍は六月十七日午後大井川を渡って進攻する、菩提山の諸士は当日万難を排して敵兵力を日没まで牽制せよ、そういう意味のことが簡単な力づよい文章で記してあった。源七郎は読み終ると共にふと微笑し、燈明の火をうつしてそれを焼き捨てた、それから三村勘兵衛の手紙をとって封を切ったが、中から出てきたのは信夫の文であった、気づいてみると封の手跡も信夫のものである、源七郎はなにごとかと思い、燈明をひき寄せて読みはじめた、……とりいそぎ申上げまいらせそろ、文はそういう書きだしで、出陣の日の出来事が正直に書いてあった、心ならずも虎之助に「はい」と答えた前後のところは文字もみだれているようで、いかにも切ない気持があらわれていた。……ひとすじに思い詰めたる御ようすなり、必死をかくごの御出陣と申し、いかにもいやとは申上げられず、夢うつつの如くはいとお答え申し候ことにござそろ、あなたさまへはお詫びの致しようもなき不始末、信夫の身にもとりかえし難き、……そこまで読んできた源七郎は、あとの文字を見るに堪えなくなって卒然と文を措いた、かれは片手で額を押え、低く呻きながら眼をつむった。はじめて謎が解けた、……信夫は自分と未来を云い交わしてある、そう云った虎之助の言葉が今こそよくわかる、たとえそれが虎之助のひとり合点だったとしてもその言葉に嘘はなかった、「……うん」源七郎はもういちど呻いたが、それからしずかに立って塁を出てゆき、望楼へと登っていった。深夜の望楼で、かれは独りなにを考えたのであろうか、それは信夫がいじらしいというただひとつの想いだった、そのとき「はい」と答えた信夫の心理が、源七郎には痛いほどあざやかに推察できる、ほかの者ならいいえと云えたであろう、事情は話せないまでも帰陣のうえでというくらいは口にした筈だ、信夫にはできなかった、かなしいほど憐れみの情のふかい、あわれなほども温かいやさしい信夫には、それができなかったのである、「……信夫」源七郎は美しく星のきらめく空をふり仰ぎ、しずかに口の内で呟いた、「よくはいと云った、それがおまえにはいちばん似合っている、不始末ではない、それでよかったんだ、……虎之助の申込みもひとすじで美しい、これでいい、なにも悲しむことはないじゃないか、おれはよろこんで、あれに鏡を譲るよ……」

七

半刻ほどして望楼から下りた源七郎はすっかりおちついていた。かれはすぐ三村勘兵衛に宛てて手紙を書いた、それから牡丹の鏡をかたく包みにして、いっしょに荷役の宰領に託した。……かれらが山を下りていったのは夜明け前のことだった、このあいだに兵たちは矢弾丸の荷を解き、糧食を倉へ運び入れていた、みんな活き活きと元気になり、つきあげてくる闘志を抑えかねるもののように、なにやら喚いては叱られるが、すぐにまた好きなことを呶鳴ったり叫んだりしていた。

六月十六日の夕刻、源七郎は河津虎之助を呼んで一通の書状をわたし、——これを持って掛川城へゆけと命じた、「日が昏れたらすぐ山を下りろ、この書状をいかなることがあっても御しゅくんへ御手わたし申すのだ」「……拙者がまいるのですか」虎之助は蒼くなり、しずかに頭を振った、「失礼ですがほかの者にお命じ下さい、拙者はここにとどまります、このときに当って戦場を去ることはできません」「旗がしらの命令だ違背はゆるさん」「……鏡の返礼ですか」虎之助は唇をひき歪めた、「われわれ先手組はこの砦を守って決戦する、全員のこらず討死だとあなたは仰しゃった、その決戦の時を眼前にして拙者を除こうとなさる、牡丹の鏡がそれほど……」声をふるわせてそこまで云いかけたが、源七郎は大股に一歩すすみ出ると、手をあげて虎之助の高頬をはげしく打った、二つ、三つ、そしてよろめく相手の上へのしかかるように「黙れ」と叫んだ、「……ここは戦場だ、われわれは武士だ、女のことなどでうろたえるような未練者はひとりもおらぬ、死ぬも奉公、生きるも奉公、いずれに優り劣りがあるか、旗がしらとしてそのほうならではと思うから命ずる、……河津虎之助、掛川城の御しゅくんまで使者を申し付けるぞ、出発は日没と同時だ、わかったか」きめつけるように云うと、源七郎は踵をめぐらして自分の詰所へ去った。虎之助はその日の昏れがたに山を下りていった、谷へはいるところで敵にみつけられ、しばらく銃撃されたようすだったが、たしかに駆けぬけてゆくのを見た者があった、「……足を射たれたとみえてびっこをひいていた、しかし元気に森へとびこんでゆくのがはっきりと見えた」その森は谷のはずれから伊久美川の流れまで地を掩っている、そこへはいればあとは大丈夫だろう、これで心残りはないと源七郎は大きく安堵の息をついた。そしてその夜、かれは砦の広場へ全員を集めた、まったく風のないしずかな夜で、虫の音がわくように湿った夜気をふるわせていた、源七郎は兵の一人ひとりを見まわしながら、明日こそ決戦の時であると告げた、「……明十七日午後、御旗もと本軍は大井川を渉って駿府城攻撃の火蓋を切る、われらは日没まで敵の兵力をこの菩提山へひきつけて置かなければならない、先手組がこの砦を奪取した意味はそこにあるのだ、此処が死に場所だ、しっかりやろうぞ」簡単なしずかな言葉だったが、かねてこの期を待っていた兵たちは火のような昂奮のためにどよめいた、源七郎は別宴の酒をあけろと命じ、自分も兵たちのなかに席を占めた、賑やかな、まるで凱陣の祝を思わせるような、明るい酒宴がそれから一刻ほど続き、やがて見張りを残して、兵たちはそれぞれ眠りについた。

　源七郎は兵たちが寝しずまるのを待って、四人の組がしらをつれて武庫へはいってゆき、嵩張った大きな荷包みを運び出した、それは掛川から持って来て武庫へ納めたまま手もつけなかった物である、いったいなんだろうという疑問の種になっていたのが、今ようやく眼の前に解きひらかれるのだ、組がしらたちは望楼の下へ運んで来ると、興を唆られたようすで、その包みをとり囲んだ、源七郎は姿勢を正して「礼……」と云った、四人はびっくりしながら急いで低頭した、そして荷包みが解かれた、幾重にも包んである中からあらわれたのは「金の御幣」と「金の扇」の二つの大馬印だった、四人はあっと息をのんだ、それは二つとも徳川家康の馬印である、家康本陣ならでは見ることのできないものなのだ、かれらはあまりに意外だったので、なかば茫然と源七郎をかえりみた、源七郎はしずかに手をあげて「それを塁壁の上へ立てるのだ……」そう云いながら、自分からさきにその場所へあがっていった。

八

「おいみろ、御本陣の馬印だ」「これはどうだ、夢じゃないのか」「御馬印だ、夢じゃない御旗もと御本陣の馬印だ、……」まだ明けきらぬ早暁の砦に、時ならぬ叫びごえが起こり兵たちがとびだして来た、塁壁の上には家康本陣の大馬印が立ち、それを護るように榊原の赤地九燿星、酒井の紺地四つ目、水野の黒地に通宝銭と、三部将の馬印差物が堂々と並んでいる、みんな眼をみはり、あっけにとられてふり仰いだ、……どうしたことだ、誰も彼も自分の眼を疑った。しかし敵の驚愕はそんな程度のものではなかったらしい、朝の光が菩提山の砦をくっきりと描きだしたとき、突風でも吹きわたるように敵陣の上に遽しい動揺があらわれ、まるでたぐり込まれるようなかたちで銃隊が火蓋を切った。

かくて敵の銃射によって決戦の幕はあがった、一旬のあいだ兵と武器弾薬を集結していた甲斐勢は、山上に徳川本軍ありとみて全陣地に伝令をとばし、うしろ備えをも挙げて総攻めの態勢をとった。源七郎はこれをしずかに視ていた、戦はかれの計った方向へ傾いてきている、はじめ掛川を出るときから、……先手組の寡数で敵の兵力をひきつけるにはこれが考えられる最上の策だ、そう思ってひそかに本陣の御馬印を摸作して来た、しかし敵がその策に乗るかどうかはなかば疑わしかったのである、それが僥倖にも図に当ったのだ、敵はみごとに誘い込まれて来たし、味方の兵たちは御本陣の馬印の下で死ねるという、思い設けぬ幸運のために士気百倍した、あとはただ傾いてきたこの戦の方向を捉んで放さなければよい、味方の一人ひとりが、さいごの一人が討死するまで、がっちりと敵をひきつけて戦うのだ、……おちついてゆこう、日没まで時刻はたっぷりある、源七郎はそう呟きながら望楼へあがっていった。

銃射にはじまった敵の攻撃は、時の移るにしたがって徐々と接近戦になり、午前十時ごろにはいちど敵の槍隊が塁下の濠まで突っ込んで来た、しかし源七郎はあくまで守勢をとり、適宜に矢弾丸をうちこむだけで、敵の誘いに乗ることをきびしく抑えつけていた。探りと誘いを兼ねた襲撃が幾たびかおこなわれ、陣構えもしだいに近接して来た。灼けつくような日光がぎらぎらと照りつける下で、硝煙が舞い立ち、銃声と鬨のこえが谷間にこだました、前進して来た敵は砦を東南から囲み、半円を随時に縮めながら、烈しい銃射と突撃とを矢継ぎばやに繰り返した、戦機はようやく熟しつつある、――今だ、源七郎は抑えに抑えていた第一矢を放った、三番組の抜刀隊を斬り込ませたのである。それは午の刻をかなり過ぎた頃だった、砦を下りてまっすぐに敵のなかへ躍り込んだ二十余人の抜刀隊は、群がる人数を相手に悪鬼の如く斬りむすんだうえ、或いは敵と刺し違え、或いは薙ぎ伏せ斬り伏せ奥へと突っこみ、相い組んで谷へ転げ落ち、さんざんに闘って一人のこらず討死をした。……およそ半刻あまり続いたこの死闘が終ると、敵の攻撃は再び砦へと集中した、こんどは新手も加わって、左右から銃を射かけつつ犇々と攻め登って来る、源七郎は右翼から槍組を突っ込ませた、そして白兵戦が右翼に展開したとき、二番組の抜刀隊を柵まで切って出した、しかしこの二隊は一戦するとすぐ砦へ退かせ、押し詰めて来た敵の頭上へ覘いうちに矢弾丸を叩きこんだ。……合戦は思いのほか早く頂点に達するかにみえる、源七郎は指揮をとりながら望楼にいる物見の兵に呼びかけた、「物見……本軍の動くようすはないか」「なにも見えません」物見の兵はそう叫び返した、「……まだなにも」源七郎は唇を噛んだ、本軍の大井川渡渉が済むまではこの砦を確保しなければならない、あせるな、あせるな、かれはもりあがってくる決戦の期を前にして、ともすれば逸りたつ心をぐっとひきしめ、ひとしきり防戦を銃撃に集めた。

午後二時すぎると塁の中に寝ていた傷兵たち十七人も出て来た、かれらはこの砦を奪取するとき負傷したもので、それまでかたく出ることを禁じられていたのだが、矢叫び鬨のこえの激しくなりまさるのを聞いて堪りかね、ついに塁へ出て戦いに加わったのである、かれらは死者の銃をとり、弓を持った、弾丸を運び、水を配ってまわった。敵の矢弾丸はその頃から圧倒的になり、みるみる味方の損害が増しはじめた。

「おい勘解由小路二郎三郎左衛門……」左翼の塁壁の下でそう呼ぶこえがした、呼ばれた者がふり返ると、相手は横ざまに倒れ、銃を左手に起きあがろうとしているところだった、「どうした弥五兵衛、やられたか」「……なに」かれは走せ寄った友を見あげ、にっと笑いながら首を振った、「……背中を、また蚤が食いやがる、済まないが、手を入れて掻いてくれ」「……そうか」頷くなり具足の衿をくつろげ、手をさし入れて掻きさぐった、蚤ではなく、貫通した銃創からながれ出る血だった、「いい気持だ……済まないなあ勘解由小路二郎三郎左……」そこまで云いかけると、かれは急にがくりと前へ崩れた、だが微かにこう続けた、「……長すぎる、べらぼうに長い名だ、来世はもっと短いのを付けて貰えよ」そして絶息した。そのときである、望楼から物見の兵の大きな叫びが聞えて来た、「お旗がしら、土煙が見えます……」「なにどうした」源七郎は中央へとびだした、「金谷の上流に土埃が大きく動いています、本軍が進撃をはじめました」その叫びは狭い塁の中いっぱいに響きわたり、兵たちは喉も裂けよと歓呼の声をあげた。物見からは刻々に本軍の動きを知らせる叫びが聞えた、大井川にゆき着いた土煙は、先鋒が渡渉したとみえて、川を二つにわけて帯のように空へたなびきあがり、そのまま東へ東へとひた押しに移動してゆく、あきらかに東岸の敵陣を突破したようすだった、この知らせの一つ一つが砦の兵を狂喜させた、……とうとうここまでこぎつけた、源七郎は神にも謝したい気持でそう思い、いっそう熾烈になった敵弾のなかへ大股に出ていった、「……みんな聞け、御旗もと本軍は大井川を越して、いま駿府へとまっしぐらに進んでいる、われわれはお役に立った、ここが先途だ、さいごの一人まで御馬印の下で死のうぞ」それに答えて砦を掩うように鬨があがった、源七郎は刀を抜き、家康の大馬印の下へいって立った。……傾きかかった真夏の日はなお烈々と輝き、惨澹たるこの戦場を斜に照らしだしていた。

九

徳川本軍はその夜のうちに府中城を攻め落した、山県昌景は奇襲を受けきれぬとみて、脆くも旗を巻いて退却した。家康が入城するとすぐ榊原康政がおめどおりを願い出た、家康は待ちかねていたようすで、かれがめどおりへ出るといきなり菩提山のようすを訊ねた、今日の奇襲が成功したのは、菩提山の砦が敵の中枢勢力をひきつけて放さなかった点にある、だが僅かな兵数でどうしてこれだけの事が為し得たのか、家康にはそれがなにより不審だった、いかなる神謀鬼略があったのか、「……申上げます」康政は問いに答えて云った、「まことに申しわけもなきしだいではございますが、かの砦には本陣の御馬印を立てたのでございます」「本陣の……おれの馬印か」家康は眼をみはった。「……御旗もと本軍が山上に詰めたとみせるために、もったいのうはござれども御馬印を拝借つかまつりますと、前夜ひとりの使者を以て願い出ました、お許しもなく御馬印を拝借つかまつるなど、なんとも僭上ぶれいの沙汰ではございますが、寡兵を以て敵の大軍をひきつけ、駿府攻略のお役の端にもあい立ちましたこととなれば、なにとぞお慈悲をもちまして……」「もうよい、わかっている」家康は手を振りながら、ふとその両眼を閉じ頭を垂れた、かなりながいことそうしていたが、やがてしずかに面をあげて「……二度とはならぬが、このたびはゆるす、そのほうすぐみにいってやれ」「……はっ」「生死にかかわらずこれを遣わすぞ」そう云いながら、家康は着ている陣羽折をぬいでさしだした、康政は押し戴いて受け、幕営をさがるとそのまま、夜道をかけて菩提山へ向った。

康政主従が山上へたどり着いたのは明くる日の黄昏まえだった。足の踏むところ、眼を向けるところ、どこもかしこも死躰だった、焼けた望楼や崩れた塁壁の下まで捜したが、息のある者は一人もなかった。防げるだけ防ぎ、さいごには敵が斬り込んで来たとみえ、刺し違えて死んでいる者がずいぶんあった、なかには負傷して身うごきができなかったのだろう、自ら屠腹した者も十人あまりいた。土田源七郎の死躰は御馬印の下にみつかった、そこでもっとも烈しい戦いがあったらしく、折り重なっている二十人あまりの屍は、兜がとび鎧はずたずたに千切れ、持っている刀も或いは折れ或いは鋸のように刃こぼれがしていた。……あまりのすさまじさに康政も従者たちも声が出なかった、しかしむざんとかあわれとかいう感じは些かもない、ただ神々しいまでに壮烈だった、神々しいというよりほかに形容しようのない壮烈なありさまだった。

「源七郎のなきがらを起こしてやれ……」康政がそう命じた、従者の二人が左右から源七郎の死躰を抱き起こした。康政は下賜されてきた陣羽折をとってしずかに進み寄り、生きている者に云うように、感動を抑えた低いこえで云った、「あっぱれよく戦ったな、土田源七郎、……御馬印のことはおゆるしが下ったぞ、そのうえ御着用の陣羽折を遣わすとの仰せだ、おれが着せてやるぞ、いいか……」そしてみずから死躰に着せてやった、「うれしかろう、みごとな武者ぶりだぞ」そのときはじめて康政の眼から涙がはらはらとあふれ落ちた、ひれ伏している従者たちのあいだに嗚咽のこえがひろがった、……蕭々と吹きわたる風が、このすさまじい戦の跡を弔うかのように、松の梢を鳴らしていた。

浜松の留守城にいた三村勘兵衛のもとへ、土田源七郎の書状が届いたのは、先手組の全員が菩提山で討死をとげたという飛報と殆んど同時であった。書状に添えて牡丹の鏡が戻されて来た、……勘兵衛は手紙を読み終ると、むすめを招いて「これを読んでみろ」とわたした、信夫にはそれが誰の書状であるかすぐにわかり、ちょっと顔を蒼くしながら、しかしおちついた態度で披いた。……心いそぎ候まま委細つくし申さずそろ。このたび出陣のみぎり、御秘蔵の古鏡、御恵与にあずかり候こと身にあまる果報と存じそろ。さりながら拙者にはお受け申すこと相成り難く、ぶしつけの儀いかにも申しわけこれなく候えども、ぜひぜひ河津虎之助にこそ古鏡お譲り下されたく存じそろ、虎之助ことは無双のもののふにて、拙者には片腕とも弟ともたのむ者にござそろ、信夫どのにも……よくよくこの儀お伝えのうえ、やがて華燭のおん祝もあらば、貞節なる妻としてすえながくお仕えなさるべく、万福の栄えをこそ、お祈り申上げそろ。源七郎という署名の力づよい文字を見ながら、信夫はあふれてくる泪を抑えることができなかった、源七郎のひろく温かい心がかなしいほどじかに胸をうつ、自分が迂闊だったために犯したとり返しようのない過ちを庇って、虎之助に鏡を譲ってくれとみずから父に頼んでくれた、貞節な妻になれというひと言は、おそらく信夫に呼びかけているのであろう、――よくわかりました源七郎さま。信夫はそっと心のうちで答えた、――わたくし河津の家へとつぎます、そして虎之助どのの貞節な妻になります、それが貴方さまへのお詫びのしるしにもなると信じますから……。勘兵衛はむすめのようすをいたましげに見まもっていたが、やがてしずかに労るように云った、「河津はけがをして掛川にいるそうだ、間もなく浜松へ帰ってまいるだろう、源七郎のこころざしだ、もし帰って来たら、おまえからこの鏡を贈るがよい、わかったな」「はい……」はいと口のうちで答えながら、信夫は両手で面を掩った、傍らにいた母親のお萱もそっと眼を押えた、勘兵衛は膝の上でかたく拳をにぎり、妻戸のほうへ眼をそらしながら、まるで自分で自分を慰めるように云った、「源七郎は殿から御着用の陣羽折を拝領したという、もののふとしては無上の死に方だった……まことに、うらやむべきやつだ……」

付記

この篇の一七〇頁に「安禅がどうとかして心頭を滅却すれば」云々ということを記したが、これは唐の翰林院学士、杜荀鶴の詩の転結であって、正しくは「三伏門を閉じて一衲を披る、兼て松竹の房廊蔭する無し、安禅何ぞ必ずしも山水を須いん、心頭を滅却すれば火も亦涼し」というのである。後半二句の転結はいろいろな意味であじわいが深く、かなりひろく人々に愛誦されている、甲斐のくに恵林寺の快川和尚が武田勝頼の滅亡したとき、織田信長の暴手に焚かれて死んだ、そのおり炎上する山門の楼上でこの句を大喝したというはなしは有名である。

良人（おっと）の鎧（よろい）

一

香田孫兵衛が飛竜を斬ったのは、「犬」といういきものが嫌いだったからではない。どちらかといえばかれは犬は好きであった。世間にはよく犬とさえみれば無差別に呼びかけたり頭をなでたりする人がいるが、それ程ではないにしても、好きなほうではあった。しかし飛竜は、かれの好きな犬の部類にははいらなかった。あまりに大きすぎるし、眼つきがわるい。態度が傲慢だった。人を人とも思わぬつらつきで、

――おまえたちの弱みはみんな知っているぞ、とでもいうような風をする。権門に依存する人間にはよくある風だ。そして、じっさい飛竜は、権門に媚びるための存在だった。つまり、菊岡与吉郎が、ご主君浅野幸長のおためになるよう、石田三成に贈るしたごころで飼い育てていたものである。与吉郎は孫兵衛には義兄に当っていた。かれの妻の兄である。そのしたになお弥五郎という弟がいて、これはなかなか武弁者なので気が合ったけれど、義兄とはときが経つほど疎隔するばかりだった。主君のおた

めにというのはよいが、権門に物を贈るという根性はさむらいとして屈辱である。しかも与吉郎の場合には、あわよくばご主君をさし越えておのれが治部少輔の気にいろうとするようすさえあった。太政大臣秀吉が薨じて一年、豊臣氏の権勢の中枢はいま治部少輔三成の手にあるが如くみえる。これに対して徳川家康がようやくその大きい存在を示しはじめていたし、この二者の対立は心ある人々の眼にかなりはっきりしたものになりつつあったが、めのまえの権勢きりみえない人たちはしきりに治部少輔の門へ出入りした。与吉郎もそのたぐいである。それが孫兵衛にはよくわかっていた。その――なんとかしなくてはいけない。折にふれては、そう考えていたのである。

「なんとか」がつまり飛竜を斬ることになったのだ。

それは初めて霜のおりた朝だった。まだ暗いうちに備前島のほうへあるきにでた孫兵衛が、屋敷へ戻ろうとして京橋のほうへ向ってゆくと、菊岡の家の足軽で権六という者が、飛竜をつれてやって来るのと会った。まえにも記したように犢ほどもある大きなやつで、太い綱を襷のようにかけている。その綱の端を権六がつかんでいるわけだが、犬を曳いているというよりは、犬に曳かれている恰好だった。――なんという不甲斐ないざまだ。まず権六を見てそう思った。つぎに犬を見ると、こいつはまたいかにも人を見くだした眼つきで、うさん臭そうにあたりをねめまわしながら悠々とあるいている、「うん、おれが治部さまのお手飼いになったら、おまえたちにも出世のみちをひらいてやるよ」といった風な態度だった。孫兵衛はむらむらと腹がたってきた。それで会釈をしながら近寄って来る権六に、「おい、ちょっとその綱をはなしてみろ」と云った。主人の義弟にあたるのでよく知っている相手だし、まさか斬られようとは考えなかったので、権六は綱をはなした。犬はそのままあるいてきたが、動物の本能で危険に対しては敏感だから、めのまえにぬっと立っている孫兵衛をみると、あゆみをとめてじろっと見あげた、「なんだおまえは」そう云うこえが孫兵衛には聞えるように思えた。それでぐっとねめつけながら、「きさまはなんだ」とどなった。犬はううと低く呻った。孫兵衛はなんだと云いながら一歩でた。犬はまたううと呻り、上唇をあげて牙を見せた。

「なんだ、そのつらはなんだというんだ」

孫兵衛は、また一歩まえに出た。犬はがあと喉をならし、ぜんぶの歯をむきだした。

「ああ香田さま、危のうございます」

と権六がこえをかけたとき、犬はそれにけしかけられたようにごうと歯を噛みならした。おどしである。こういう犬は決して吠えない。いきなり噛みつきもしない。ちょっと、自分の威力がどんなものか見せつけるのである。権六が声をかけ、犬が歯を嚙みならしたとき、「ぶれい者」と叫びながら、孫兵衛が抜打に一刀さっと浴びせた。それは身をひこうとする飛竜の首を、半ば(なか)まで斬り放した。犬は奇妙なこえでひとつ咆(ほえ)ると、横ざまにとんでいって草地へ倒れ、地面へつけた首を中心にくるくると二度ばかり廻(まわ)って動かなくなった。

「香田さま、こ、こなた様は」権六は、まっ蒼(さお)になってつめ寄った。「こなた様は、なにをなさいます、こ、このお犬は、このお犬は治部さまへ」

「なんだ、おまえおれに文句を云うのか」

二

「わたくしの役目としてこんな」

「だまれ」孫兵衛は刀にぬぐいをかけながら云った。「おまえはなんだ、人間か犬か、人間ならもうすこし腰をまっすぐにしろ、りっぱな男子が犬の供(とも)をしてあるくさえ恥ずべきなのに、お犬とはなにごとだお犬とは。足軽だって身分こそ軽いが、武士にはちがいあるまい。犬のお守(もり)がうまくてもさむらいのほまれにはならんぞ」権六は、ぎゅっと唇を噛んだ。孫兵衛は刀をおさめ、「飛竜はおれがぶれい討ちにした、いいぶんがあったらいつでも来い、待っていると云うがいい、わかったか」そう云ってそこをあゆみ去った。

屋敷へもどっておのれの長屋へはいると、かれは妻の屋代をよんで始末を語った。まえから良人のそぶりで、いつかはこういうことがあるものと覚悟をしていたらしい、妻はさしておどろくようすもなかった。「与吉郎どのは、近頃めにたって治部へとりいっている。殿のおためというが、それが本当ならむしろ殿の恥辱でさえあると思う。それとなくご意見をするのがおわかりがないらしい。それでとうとうこういう手段をとった。おそらく菊岡とは義絶になると思うが、そうなった場合おまえはどうする」屋代は良人を見あげて、それはあらためて申上げるまでもないと云った。「だが、もっと悪いことになるかもしれぬぞ」「いかようなことになりましょうとも」と屋代はつつましく答えた。「わたくしは香田家の嫁でござります」きまりきった返辞ではあるが、やはりきめどころをきめたという感じで、孫兵衛は心がおちついた。

与吉郎が石田三成にとりいろうとするのを、どうしてそこまでかれが憎んだかというには理由があった。ごしゅくん右京大夫幸長の父は、弾正少弼長政である。もと織田信長の家臣であり、秀吉とはあい婿の親族であったが、秀吉が関白太政大臣とまで栄達するあいだに、ふたりのあいだがらは必ずしも折合いがよくはなかった。長政は二度まで秀吉のために、危くころされようとした。その二度とも徳川家康が調停にたって命はたすかったが、二十余万石の大名としては、ぬぐいがたき屈辱だった。そのうえ、去年秀吉が逝去して間もなく、――浅野長政は、ひそかに徳川どのを討とうと謀略をめぐらせている、という密謀を、徳川家へ通じたものがあった。むろん根も葉もないことだったが、長政としては命を救われた恩があるので、すぐに五奉行の職を去り、武蔵のくに調布の里に隠棲して、二心のないことを証さなければならなかった。そしてこの密謀が、治部少輔から出たものだということは、いまでは知らぬ者がないといってよい。これらの事情を思いあわせると、与吉郎がご主君のためと称してしきりに三成へとりいっていることが、屈辱のうわ塗りであると云っても無理はないだろう。まして、あわよくばおのれの運の踏段にしようという肚があるとすれば、孫兵衛が最悪の場合をも辞さぬ気持を持ったことは、決して不当ではなかったのである。

――なんと云って来るか。そう思って待っていたが、菊岡からはべつになんのたよりもなかった。そして四五日すぎたある日のこと、かれはお召しをうけて、主君幸長の御前へ出た。「庭へまいれ」ひどく機嫌のわるい顔でそう云うと、幸長は小姓の捧げていた佩刀をとり、誰も来るなと云いながらさきに立って庭へおりた。唯ならぬけしきだった。なんだろうと不安ながらいそいでついてゆくと、幸長は泉池のほとりで立ちどまった。孫兵衛は、その前に膝をついて平伏した。

「そのほう、与吉郎の犬を斬ったそうだな」

そう云われて、孫兵衛はあっと思った。——あいつめ殿へご訴訟しおったのか。じかに押しこむ勇気がないので、しゅくんの裾へすがって返報しようとした、これほどまでに性根がみれんになっていようとは思わなかった。卑劣なやつだと、思わず孫兵衛はこぶしをにぎった。

「事実か、本当にそのほう与吉郎の犬を斬ったか」

「まことに恐れいり奉る、じつは」

「いいわけ無用」幸長のこえは、御殿までびんとひびいた。「斬ったかどうかをたずねるのだ。申せ、まことに犬を斬ったのかどうだ」「はっ、……たしかに」「斬ったと申すのだな」「………」「孫兵衛、そのほうの刀は、犬を斬るほど無益なものか、刀はさむらいの魂とも云う、そのほう武士の魂で……ばか者」さけぶのといっしょに、つと身を跼めた幸長は片手で孫兵衛の衿をつかみ、こぶしをあげて力まかせになぐりつけた。

三

二つ、三つ、なぐりつけ、そこへぐいぐい捻じ伏せたと思うと、幸長はとつぜん一封の書状と短刀を孫兵衛の手につかませ、「これを徳川殿までお届け申せ」と囁くようなこえで云った。「屋敷まわりは治部少輔の眼がある、いかなる方法でもよい、気付かれぬようにぬけだしてゆけ」声は低かったがその内容の重大さは雷のように孫兵衛の胸をうった。はっとさげる頭を、幸長はさらに一つ打ち「不心得者め、このたびはゆるす、以後はきっと申付けるぞ」そうどなりつけると、大股に御殿のほうへと去っていった。

孫兵衛は地面にうち伏したまま、すばやく封書と短刀をふところへねじこんだ。書状の裏にはかずしげ（三成）とはっきり書いてあった。密書である。家臣にも知れぬようにわざわざそのような仕方で孫兵衛に托さなければならぬほど、それは重大な密書にちがいない。したがって、屋敷まわりに治部少輔のきびしい見張りがあることも、事実だろう。――いまこの屋敷を出る者は、その眼をのがれることはできない。どうしたらよいか、孫兵衛はしずかに立ちあがり、衣服の土を払いながら遠侍のほうへもどった。そしてお広縁へあがろうとしたとき、菊岡与吉郎とばったりであった。かれは同役の者四人といっしょだった。孫兵衛の眉が、とつぜんびくっとひきつった。

「与吉郎待とうぞ」かれはそう叫びながらとびあがり、与吉郎の前にたち塞がった。そのようすがあまり切迫していたし、自分にうしろめたく思い当ることがあったのだろう。与吉郎は身をひきながら反射的に刀の柄へ手をかけた。しかし孫兵衛はそれより早くとびこむと、「みれん者、庭へでろ」と組みつき、おのれもろともだっと縁から下へころげ落ちた。「香田なにをする」「あぶない」四人のつれが、びっくりして声をかけたとき、はね起きた与吉郎がぬきうちに胴へ斬りつけた、孫兵衛は二度までその切尖をくぐった、そしてからだがひょいと縮み、つぶてのように跳躍したとみると、与吉郎は脾腹から逆に肩のあたりまで斬り放され、刀を手からとり落しながら身をねじるように顚倒した。「おぼえたか！」孫兵衛の叫びごえは、人を呼びたてる四人の声に消された、「喧嘩だ」「出会え」という四人のこえにつれて、廊下のあちらこちらから人が駈けつけて来た。孫兵衛はちょっとゆき場に迷っている風だったが、駈けつけて来た人々が庭へとびおりるのといっしょに、血刀をさげたまま走りだし、そのまま屋敷の門からそとへとびだしていった。

あとから駈けつけたいちぶの人々は、そのままひっしと追っていったが、残りの人数は門前に集まってがやがやと罵りたてていた。「どうしたのだ」「孫兵衛が菊岡を斬ったんだ」「だって親族同志で、いったい理由はなんだ」「飛竜を孫兵衛が殺したんだ」事情を知っているとみえ、ひとりがあらましのことを話していた。「しかし逃げるとはみれんだな、日頃の孫兵衛にも似合わぬばかなことをするものだ」「けれど、菊岡の命ととりかえは惜しいよ」「さきに抜いたのは菊岡だった、孫兵衛は斬るつもりはなかったと思う、おれは見ていたんだ、証人もある」こういう問答は、かなりこわだかに交わされていたので、もし治部少輔のめつけが窺っていたとしても、これが孫兵衛の必至の機智だったとは気付かなかったにちがいない。

孫兵衛は、息をかぎりに走った。玉造のあたりで追手をまったくひきはなし、黒門口から平野川のほうへ脱出した。そのころ、治部少輔は加藤、福島らの五武将と不和のことがあって居城である近江のくに佐和山へ帰っていた。だから伏見城にいる家康のもとへゆくのに、おもての道をとっては石田のめつけをのがれることはできない、そこで孫兵衛は、奈良路を四条畷までゆき、河内のくにから淀へとはいった。それまでに二日かかった。淀でようすをきくと家康は伏見城にはいず、川をへだてた向島の第に移っているとのことだった。かえって孫兵衛のためには、仕合せである。かれは巨椋池のほとりにひそんでいて日が暮れてから家康の第をおとずれた。

本多中務の家臣に、平林大膳という知りびとがいたので、そのとりなしで好都合に家康と会えた。対面はさしむかいで、ひとりの扈従もなくおこなわれた。家康は黙って封書をひらき、燭台のほうへ傾けて読んだ。……孫兵衛は、そのおもてをじっとみつめていた。

四

家康は、そのとき五十八歳だった。小づくりのからだは老年の肥えかたをみせはじめていたが、日にやけた肌はつやつやと張っているし、白毛をまじえた厚い眉にも、細くてつぶらな双眼にも、いく十年の霜雪をしのんでようやく円熟の境に達した人の、おおらかに重々しい風格がにじみ出ていた。密書の内容は伝わっていないが、その翌年、関ケ原合戦というかたちで現実となったその企劃の誘いであることだけは、たしかだった。家康は読みおわると、すぐに、燭の火をうつしてそれを灰にした。短刀は吉光の九寸五分、三成が秘蔵の品として名だかいものである。家康はよくよくあらためたのち、それはおのれのふところにおさめた。「幸長どのから、なにか口上はなかったか」「なにもございません」「そうか、さぞつかれたであろう。今宵はここへ寝てゆくがよい」そう云って家康は扈従をよび、孫兵衛に食事を与えるように命じた。

しゅびよく大役をはたした孫兵衛は、接待の酒にもこころよく酔って、与えられた寝所にはいった。そこまで張りつめた気持で、ひとすじに誤りなくやりとおして来たが、やくめを無事にはたして、はりつめていた心がゆるんだときに、そのときにかれの「覚悟」がよろめきだした。夜半にふと眼ざめたかれは、そのまま寝つかれぬままに——さてこれからどうするか、ということを考えた。治部少輔のめつけの眼をくらますためには、いかなる方法をとってもよい、ごしゅくんはそう云われた。また与吉郎を斬ったことは、自分としては為すべきことを為したという意味で悔いはないけれども、それではこのまま屋敷へ帰れるかという疑問があった。与吉郎には弟がいる。親族もある。かれらが黙って、孫兵衛のしたことをうけいれる筈はない。ことによると、弥五郎はもうおれのあとを追って屋敷を出ているかもしれぬ。武弁者の弥五郎は、おそらく半刻も安閑としてはいないだろう、屋敷をでかけるかれの気負った顔つきが、孫兵衛には見えるように思えた。これがあたりまえのはたしあいだったら、与吉郎を討ったその場で割腹するか、そうでなければ弟弥五郎を迎えて勝負したであろう。しかしそれとこれとは事情がちがうのである。このうえ弥五郎を斬る必要はすこしもないし、また与吉郎づれの命と自分をひきかえにするのもまっぴらだ。――ではいったいどうしたらよいのか。

孫兵衛は明けがたまでひとつことを考えつくした。そしてつまりはいずれとも心のきまらぬままで、向島の第を辞去した。その朝はことに霜がふかく、まだほの暗い野づらは雪でも降ったようにみえた。――とにかく、大坂へもどってみよう。とりとめもなくそう思いながら、宇治川の岸まで来たとき、いましも渡し舟がついて四五人の客があがって来るのをみた、そのなかに武士がひとりいた、孫兵衛はぎょっとしてすばやくかたわらの叢林のなかへとびこんだ、幸運だった、身を隠した刹那には「いやまさか」と思ったのだが、渡し舟からあがって来たさむらいは菊岡弥五郎だった。そう認めると、そのまま孫兵衛は叢林のなかを足にまかせて走った。――命が惜しいのではない、いや命は惜しい、だが卑怯で惜しいのではない、こんなことで死にたくないだけだ。やがて大坂と関東とのあいだに合戦がある、必ずある、おれは武士としてその合戦に会わずに死ぬことはできない、その時までは生きるんだ、そして御馬前にむくろを捧げるんだ。走りながら、かれは自分を説きふせるようにそれを繰り返していた。

三日めに孫兵衛は、琵琶湖の西岸を北へむかってあるいていた。近江のくに朽木には、朽木元綱の居城がある。その家に、和泉兵庫介という知りびとがあった。伏見を出てから五日めのたそがれ、ちょうど降りだした雪のなかを、孫兵衛は朽木の町へはいっていった。兵庫介は主用で京へいったあとだったが、家族の者はこころよく迎えてくれた。

弥五郎が追いついて来たのは、そのつい翌々日のことであった。和泉と香田とが知己のあいだがらだということは、縁者としてよりもおなじ家中として、弥五郎が知っているのは当然である。

「大坂から、人がおみえでございます」和泉の家人がそう告げに来たとき、孫兵衛は午の食事をしまったところだった。「いま出ます」そう答えて、家人が去るより早く、かれは大剣をひっ摑んで家の裏へとびだした。朝から降りだした雪がまだやまず、戸外はもう踝を埋めるほど積っていた。かれは山地のほうへ、けんめいに走った。おおいという叫びごえが聞えた、三度めには、よほど遠かった、それでふりかえってみると、吹きまくる雪のかなたに弥五郎の姿がちらとみえた。孫兵衛は、首里岳のほうへまっしぐらに走りつづけた。

五

年があけて、慶長五年（一六〇〇）となった。孫兵衛の息むひまなき転々流浪のあとを記す要はあるまい、秋八月、かれは加賀のくにで、石田三成の挙兵をきいた。——治部少輔どのの軍勢が、伏見城をとりかこんだそうな。伝わってきた風評は、すでに戦がかなり発展していることを示していた。そしてその事実を証拠だてるように、金沢の前田利長がにわかに出兵し、おなじ加賀の大聖寺と小松城との攻撃をはじめた。大聖寺には山口宗永、小松には丹羽長重がいる、両者とも石田軍に属する北方のまもりだった。孫兵衛は、しまったと思った。待ちに待った時が、あまり早くきた。そして戦は、きわめて急速に進捗しているようである。——もし合戦におくれたら。ああもしそんなことになったとしたら、武士の名もすたれ、二百余日のあいだ意地をしのんで隠れまわった苦心が、水の泡となってしまう、かれはとびたつように出立した。

春のころいちど、若狭のくにから妻へ消息をだしたが、はたして届いているかどうか、ともかくいちど大坂へ出ようと考えた。しかし、大聖寺との開戦で、越前への道はみんな塞がっていた。危険を冒してゆくか、それとも飛騨をまわってゆくか、心せきながらどうしようかと迷っているうちに、戦のようすがだんだんわかってきた。三成の挙兵は家康が上杉氏討伐の軍を東へすすめたあとのことで、御主君浅野幸長もその討伐軍に加わっているらしい。――それでは大坂へゆく意味はない。孫兵衛はすぐに思いとまった。妻のことが気にかかったけれど、いまはどうするいとまもない。道をひきかえして越中から飛騨へとはいった。浅野家の領地は甲斐のくに二十万石で、居城は甲府だった。領地からも出兵するにちがいないし、すればその西上する途中で会えるだろう、そう思ったのである。

　飛騨のくに高山へでたのが九月八日だった。そこは金森兵部長近の領地で、兵部入道も、やはり家康の東征軍にしたがっていたが、その子出雲守可重は三成挙兵の報にはせ戻り、はやくも美濃へと攻め入ったあとだった。それで、かなり精しく戦の模様をきくことができた、それは加賀できいたものより、もっと急迫していた。すなわち伏見城をおとしいれた西軍は、伊勢へ侵入する一方、本隊は東攻して大垣城を奪取、すでに三成はそこに営をすすめている。また東海道を攻めのぼった徳川軍の先鋒は、八月二十三日に西軍の前衛たる岐阜城を攻略し、諸将は赤坂の駅まで陣をすすめているという。岐阜城の戦はかなり激戦であり、浅野幸長も合戦の一翼にあって、はなばなしい手柄であったということだった。――おくれた、おくれた。孫兵衛は、じだんだを踏んだ。通信のきわめて不便な時代であり、諸方いちどに戦が起こっているので、風評をきいてとびだしたときにはもうおそかったのだ。かれは、夜も日もなく道をいそいだ。――両軍の主力戦はこれからだ、命を賭してもその戦におくれてはならぬ。道はきわめて困難だった。山は嶮しく谷は深い、しかも要所要所には厳重に番所ができていて、少し怪しい者とみれば、どしどし検束してしまう。心はせくが、なかなかはかどらなかった。そしてようやく美濃へはいったのが十二日、岐阜城を見たのは十三日だった。

徳川家康は、本隊をひっさげて十一日に清洲へ到着し、十三日には岐阜へ来ていたので、そこは軍馬で揉みかえす混雑だった。孫兵衛は本多忠勝の陣をたずね、平林大膳に面会をもとめた、……かれは平服のままだった、小具足を買うことさえできなかった、それで大膳にたのんで足軽の具足でもよいから借りようと思ったのである。しかし平林大膳は、そこにはいなかった。先発隊といっしょに前線へ出たあとだったのである。――よし、それならこのなりで斬りこんでやろう。武士が戦場へ出るのに物具も戴けないというのは恥としてある。けれどもうそんなことを考えているいとまはなかった。孫兵衛は、心をきめて赤坂の駅へとむかった。浅野幸長は、垂井の駅の西に陣をしいていた。十四日の夜、かれは垂井へはいったが、どうしてもごしゅくんの陣へ伺候する気にならなかった。なにかひと働きしてからでなくては朋輩にあわせる顔もない、孫兵衛は折からのはげしい雨を冒して、闇夜の道をさらに西へと進んでいった。

慶長五年九月十五日、夜明けと共に雨はやんだが、山野はいちめんに濃霧がたちこめ、あい対峙する東西およそ十四五万の軍勢は、ひき絞れるだけひき絞った弓弦のように、満を持して戦機の到るのを待った。かくして午前八時、東軍の左翼にあった井伊直政が、敵右翼にある宇喜多秀家にむかって敢然と戦をいどみ、ここに関ケ原合戦の幕はきっておとされたのである。

六

「おおっ、そこへゆくのは香田孫兵衛ではないか」乱軍の中だった。松平忠吉の陣をぬけて、合戦のまっただ中へ斬りこんだ孫兵衛が、しゃにむに前へ前へと突進していたとき、ふいに脇からそう呼びかけられた。ふりかえってみると、本多の陣へたずねた平林大膳である。「平林どのか」「どうした……怪我をしたそうではないか」そう叫びながら、大膳がはせつけて来た。「怪我？　おれがか？」「井伊どのの先陣について浅野の別動隊が斬りこんだという、めざましいはたらきぶりで、香田孫兵衛が重傷を負ったといま聞いたばかりだ」孫兵衛は、あっけにとられた。自分のほかに、香田孫兵衛がいるというわけはない。なにか間違いではあるまいか。「しかし、それはたしかなのか」「たしかだとも、あ、みろ」と、大膳は手をあげて右手をさした。「あそこへひきあげて来る人数がそれだ。あの差物(さしもの)は二つ矢羽根、たしかに貴公の差物ではないか」

まさにそうだった。黒の四半に白く二つ矢羽根をぬきだした差物、まさしく自分の差物にちがいない。「のちに会うぞ」そう叫んで、孫兵衛はいっさんにそっちへはせつけた。およそ十五六人の兵が、負傷者を載せた盾(たて)をまもってやって来る。近寄ってみると、それは孫兵衛の支配する槍(やり)組の兵たちだった。かれらも孫兵衛をみてあっと声をあげた。「待て、その盾の上にいるのは誰だ？」兵たちはなにか答えようとしたが、黙ってしずかに盾をおろした。負傷者の着ている鎧(よろい)は、孫兵衛のものだった。頭の脇に置いてある兜(かぶと)もかれのものである。「誰だ、貴公は誰だ」孫兵衛は、横たわっている相手の肩へ手をかけた。負傷者はしずかにふり向いた、それは妻であった、妻の屋代であった。孫兵衛は、愕然(がくぜん)と息をのんだ。「おまえか、屋代、おまえだったのか」「旦那さま」屋代はひどくかすれた、弱々しいこえで、とぎれとぎれに云った。「おゆるし下さいまし、お具足をけがしました、女の身で、さしでたことをいたしました。でも……お待ち申していたのです、お待ち申して、もう間にあわぬと存じましたから……」「云うな、おれのおちどだ、おれのおくれたのが悪かったのだ」かれは、妻の手をしかと握った。屋代はうるんだ眼で、じっと良人を見た。「身代りのことは、誰にも知れぬようにしてございます、それをどうぞお忘れなく」「わかった」孫兵衛はつよくうなずいた、「いまはなにも云わぬ、さがって早く傷の手当をするがよい、心をたしかにもっているんだぞ」「わたくしは……大丈夫でございます」「よし、ではもうひと我慢、その鎧をぬいでくれ」無理だとは思ったが、抱き起こして鎧をぬがせた。脇壺がいたましい槍瘡だった。眼をつむって、妻の血に濡れた鎧を着た。「では屋代、ゆくぞ」

「……………」妻は燃えるような眸子をあげて、くいいるように良人を見た。「ご武運めでたく」

「……死ぬなよ」云いきると共に、かれは決然と乱軍のなかへ斬って行った。

午の刻（正午頃）までは、東軍の苦戦だった。どちらかというと圧迫され、あるときは家康の本陣までが、危うくみえた。雨あがりの戦場は、軍馬のためにこね返され、斬りむすぶ兵たちは、敵も味方も泥まみれだった。孫兵衛は、島津惟新の隊へまっしぐらに斬りこんでいた。それはまったく捨て身のたたかいだった。むらがる敵中へ、まったく単身で挑みかかったのである。「右京大夫浅野幸長の家臣、香田孫兵衛」かれの叫ぶなのりは、どよめきあがる喊声のなかに、幾度も高くひびきわたった。するとそれにつづけて、「おなじく菊岡弥五郎としのぐ」というなのりが聞えた。——弥五郎！ 孫兵衛は、殴りつけられたように感じた。かれは声のしたほうへふりかえった。敵兵のなかに、まさしく菊岡弥五郎の姿がみえた。そして孫兵衛のほうをちらと見た。なにか叫んだようだった。孫兵衛がふりかえったのは、ほんの目叩きをするひまであったが、その僅かなひまに敵兵がふたり襲いかかっていた。わっと喚きながら突っかける槍を、躱わすいとまがなかった。高腿をふかく刺された。しかし刺させたままかれは相手の脇へ太刀を突っこんだ。相手は横へよろめいた、そのとき二人めの敵が斬りこんできた。その刀は、鎧の胴にあたって戞と鳴った。孫兵衛はひだりへ躰を転じようとしたが、高腿に刺さったままの槍が足にからんだので、そのままだっと横倒しになった。——しまった。はね起きようとする真向へ、敵の二の太刀がうちおろされた。かれは自分の頭蓋骨ががんと鳴るのを感じたきり失神した。

孫兵衛が我にかえったとき、すぐそばにいたのは菊岡弥五郎だった。——ああおれは弥五郎に救われたのだな。そう思った。弥五郎はかれが眼をあいたのをみてにっと微笑して、「戦は勝ったぞ」と云った、「金吾秀秋のねがえりは効を奏した、石田軍は支離滅裂の敗軍で、いま味方はひっしに追撃ちゅうだ」

孫兵衛はうなずいたまま、しばらくじっと弥五郎を見あげていたが、「貴様どうしておれを救ったのだ」と、喉のかすれたこえで云った。

「救いはしないよ」弥五郎は、かぶりを振った、「貴公は自分で敵を倒した、相手の太刀が貴公の真向へ割りつけたとたんに貴公は敵の胴をとっていた、すさまじい一刀だった、相手はそのひと太刀で倒れたんだ、おれはただ此処まで担いで来ただけだよ」「なぜ斬らなかった」「…………」「そのときなぜ斬らなかったんだ」

弥五郎は手をのばして、孫兵衛の肩をおさえつけた。それから遠くの空を見るように眼をあげ、しずかなこえで呟くように云った。「おれは貴公を伏見城へ追っていった、それから近江の朽木へも。……若狭へもいった、但馬のくにまで捜したよ、だが、それは……貴公を斬るためにではない、ごしゅくんの許へ帰るようにと云うためだった」孫兵衛は、不審そうに眼をみはった。「弥五郎、それはどういう意味だ」「おれは……兄がどのような男か知らなかった、それで殿から仔細を聞かせて頂いたときは、恥ずかしくて身の置きばがなかった。しかしそれだけではない、殿は貴公の身をお案じあそばされて、お迎えにゆけと仰せだされたのだ、それでおれはあとを追ったのだ」

孫兵衛は、思わず歯がみをした。――そうだったのか、ああそうだったのか、自分はただ仇討ちをしかけられるものとのみ思っていた。みれんだった、臆病ともいうべきだ。心さえきまっていたら、……やくめをはたしたあと、討たれてやる覚悟さえゆるがなかったら、二百余日も逃げ隠れる要はなかったのである、「来るべき合戦までは生きのびたい」そう思いはじめた心のゆらぎが、合戦にもおくれ妻に重傷を与える結果となったのだ。――武道の根本は死を怖れぬところにある。このわかりきった真理を、しかし孫兵衛はいま身をもって体験したのだ。

「屋代は命をとりとめたよ」弥五郎が囁くように云った。「貴公のことも伝えておいた、向う疵だといったらよろこんでいたよ」「……戦場をみせてくれ」孫兵衛は、妻をおもうことに堪えられなかった、それでわざと話題を転じた。弥五郎がよしと云って抱き起こしてくれた。

「よく見ろ、ここは桃配山の本陣つづきだ。むこうが関ケ原、正面にあるのが天満山だ、貴公はあの森のわきのところから……」弥五郎が手をあげて説明するこえも、なかば耳にはいらなかった、孫兵衛はせきあげる涙をかくしながら呟いていた。──屋代、もうすぐ会うぞ。

落武者日記

一の一

「もういけない、祐八郎、下ろしてくれ」

「なにを云う」

大畑祐八郎は、叱りつけるように叫んだ。

「ここまで来て、そんな弱音を吐いてどうするんだ、元気をだせ、佐和山まではどんなことがあっても行くと云ったではないか、いいか、石に噛りついても頑張るんだぞ」

「いやだめだ、頼むから……下ろしてくれ」

ほとんど担ぐように、肩へ掛けている田ノ口義兵衛の腕が急にぐにゃっと力をなくした。そして祐八郎が肩をつきあげるようにすると、義兵衛の体は、そのままずるずるぬけ落ちそうになった。

「おい田ノ口、おい！」

祐八郎は驚いて、左手にある竹藪の中へ入って行って、友の体を肩から下ろした。……もう身を支えることもできないとみえて、濡れ雑巾のように倒れ伏すのを、祐八郎は援け起こしながら、なんども名を呼びたてた。

「しっかりしろ、おい、田ノ口！」

「……無念だ、おれは」

義兵衛は昏みゆく意識のなかから、ふいにしゃがれた声で大きく叫んだ。

「おれは、忘れないぞ、金吾中納言、犬め、松尾山の裏切り、……無念だ、無念だ」

「義兵衛、声が高いぞ、声が」

肩を掴んで揺すりながら、祐八郎は、ふと藪の向うでなにか物音がするのを聞きとめた。……関ケ原の敗戦からすでに三日、追及の手のきびしい関東軍の網の目のように張られた手配りのなかを、夜も日もなく逃げ廻って来た神経は、野獣の本能よりも鋭く、危険を嗅ぎつけることに馴れていた。

——誰かが、そこにいる。

かさッとも動かぬ藪のかなたに、じっとこっちを窺っている者の姿が、祐八郎にはありありと感じられた。……それで強く義兵衛の肩を掴んで引き起こそうとした。

「田ノ口、もうひと頑張りだ、立ってくれ」

「…………」

返事はなかった。

「おい田ノ口、義兵衛！」

耳へ口を寄せて呼んだ。それから相手の口許へ耳を押し当てた。……呼吸が絶えていた。祐八郎は慌てて腹帯を解き、鎧の胴をはずしてやろうとした。

すると、そのとたんに、藪を押し分けて来る人の気配がした。

――みつかった。

物音はすばやく近寄って来る。

「義兵衛、冥福を祈るぞ、……さらばだ」

祐八郎はそう囁いて、静かに義兵衛の、もう生命の失せた亡骸を横たえると、近寄って来る物音とは反対のほうへ懸命に逃げだした。

「気付かれた、そっちへ逃げるぞ」

うしろで叫びたてる声がした。

「外から廻れ！」

「鉄砲、鉄砲だ」

嚙みつくような喚きが、うしろからと、左手から押し包むように響いてきた。そして、ぴしぴしと竹の折れる音に続いて、ふいに右手で銃声が起こった。

だあん！　だあん！　だあん！

祐八郎は思わず足を止めた。そして、押し包んでくる物音の方角を計ると、とっさに身をひるがえして、藪の疎らになっている一点へと走りだした。

だあん！　だあん！

めくら撃ちに射たてる銃声とともに、竹林を走る弾丸の、からからという乾いた音が、祐八郎の左右を襲った。

――くそっ。

彼は夢中で駈けた。

藪が尽きて、畑地が現われた。それから雑木林の丘を越えると、ふたたび藪につきあたった。祐八郎は自分の体を叩きこむように、その藪の中へとびこんで行った。どのあたりで敵をひきはなしたか分らないが、とにかく追跡の手を逃れたことはたしかだった。かなり遠く、それもずっと右のほうで銃声が聞えたきりで、あたりはひっそりと物音もない。

――もう大丈夫だ。

そう思うと同時に、疾走して来た疲れと、胸膜をつきやぶりそうな息苦しさに堪えかね、彼はそこへあおむけさまにうち倒れた。そしてしばらくのあいだはただ、恐ろしい息苦しさと闘うだけが精いっぱいだった。

かなり長い刻が経った。

呼吸が少しずつ鎮まってくるにつれて痺れるような全身の疲れが、うち勝ちがたい力で彼をとろとろと眠らせた。……しかし、瞼が落ちるより早く、鮮やかな幻想が彼の脳裡に甦ってきた。

それは今から三日まえ、すなわち、慶長五年(一六〇〇)九月十五日、関ケ原に展開された合戦の、ある忘るべからざる一瞬の記憶であった。

一の二

眼もあけられぬほどもうもうと、渦巻きあがる土けぶりだった。夜明け前からはじまった合戦は、午の刻(正午頃)にいたって、今その最高潮に達していた。

押し寄せ、揉み返す人馬の叫喚が、撃ちあう太刀、槍、あらゆる武具の響音とともに、すさまじく山野を震撼していた。敵味方の旗さしものが、まるで芒の穂波のように、土けぶりで茶色に暈かされた戦場を、縦横にいりみだれ、押し返し、波をうちつつ、しだいに東へ東へと移動していた。

——味方の勝ち目だ。

——見ろ、徳川家康の本陣が崩れだしたぞ。

——最後のひと押しだ。

みんなそう信じた。事実、混沌としていた乱軍のかたちが、今やもっとも微妙な勝敗の分水嶺に登りつめ、石田軍はまさに勝利の一瞬をわがものにしたと見えた。

じつにそのときであった。

味方の右翼から、眼に見えぬ一種の波動が、電撃のように全軍の上に脈搏ってきたと思うと、もっとも怖れていた叫びが人々の上で炸裂したのである。

——小早川どのが裏切った。

——金吾中納言どのが裏切った。

松尾山に陣を張っていた小早川秀秋の軍勢が、そのとき、騎馬隊を先頭に、味方の大谷刑部吉継の陣の側面へ、なだれをうって殺到して来たのだ。

憎むべし！　金吾秀秋が裏切った、まさに勝利を摑もうとした時に、その時に。小早川秀秋が敵へ裏切ったのだ！

「ああ、……」

自分の口から出た呪咀の呻きで、祐八郎ははっと仮睡から覚めた。

——秀秋の犬め、死んでも忘れんぞ！

臨終に叫んだ義兵衛の声が、なまなましく耳の奥から甦ってきた。……いや！　義兵衛ひとりの声ではない。石田三成の全軍の将士、生霊と亡魂とが声を合せて叫ぶ呪咀の叫びだ。

あたりは死んだように静かだった。

仰むけに倒れている祐八郎の眼は、枝をさし交わしている竹藪の上に、高く高く、星がまたたいているのを見た。

「ああ星が美しいな」

祐八郎はそっと呟いた。

「御主君はいま、どこでこの星を見ておいでなさるだろうか」

故太閤の恩に酬ゆるため、義軍を起こして一敗地にまみれ、味方はちりぢりばらばら、主将三成も身をもって戦場を落ちて行った。

——主君に会いたい、主君の先途を見届けたい、そして佐和山城に入ってもうひと合戦。

そう思って、祐八郎と義兵衛は落ちのびて来たのだ。

「そうだ、こうしてはいられない」

彼は身を起こした。

主君を捜さなければならぬ。佐和山城へ急がなければならぬ……。体は綿屑のように疲れていた。骨の節々が砕けそうに痛む、饑餓と渇きで、眼が昏むようだった。

彼は藪を分けて歩きだした。西へ、ただ西へ向って、歩いた。

うしろから出た月が、いつかしら前へ廻った。下枝や草の葉に、露が光りはじめた。林を通りぬけ、丘へ登り、畑を歩いた、溝を渉った。やがて空が白みはじめてきた。

祐八郎はふと、ぎょっとして足を停めた。すぐ眼の前に、木の香も新しい高札が立っているのをみつけたのだ。彼は近寄ってみた。

急度申遣事
一、石田治部、備前宰相、島津、三人、捕え来たるにおいては、御引物のためその所の物なり、永代無役に下さるべきむね御掟候こと。
一、右両三名とらえ候こと成らざるにおいては討果し申すべく候、当座の引物として金子百枚くださるべきむね、仰せ出でられ候こと。
一、その谷中差送り候に於ては、路次有りように申上ぐべく候、隠し候においてはは、その者のことは申すに及ばず、その一類、一在所、曲事に仰付けらるべく候こと。

右のとおりに候間おいおい御注進申上ぐべく候也

九月十七日

田中兵部大輔

「もうこんな処まで！」

祐八郎は茫然とした。こんな処までもう手配が廻っているとすれば、主君の身の上はどうなったことか分らぬ、佐和山へも行けるかどうか。

「いやここで挫けてはいかん」

彼は自分を叱咤した。

「ひと眼でも御主君に会わぬかぎり死んではならん、どんなことをしても佐和山城へ入るのだ、どんなことをしても」

卒然として起こった馬蹄の音に、はっと我に返った祐八郎の背後へ、

「落武者だ、みんな出あえ！」

と喚きながら三騎の武者が馬を煽って殺到して来た。祐八郎は本能的に太刀を抜いた。抜きながら、右手の、深い叢林の丘へ、脱兎のように跳びあがって行った。

二の一

ひと息、丘を登ったところで、
「わっ」
というような叫びとともに、追い詰めて来た者が、うしろから槍を突きだした。穂先が外れた刹那、うしろ手に切り払った祐八郎の太刀が、偶然にも相手の両眼をみごとに薙いだ。……そのとき祐八郎は、ぎゃっと悲鳴をあげて転げ落ちる相手のうしろに、斜面を登って来る三人の武者たちの、大きく瞠いた眼と、なにか喚いているらしい口とが、なぜかしらひどくはっきり眼にうつった。

叢林に包まれた丘は、何段にもなって、次々と高くひろがっていた。……祐八郎は茂みを茂みをと覘ってしゃにむに登った。

追手の声はいつか遠くなった。

どのくらい駈けたであろう。段丘の頂へ出て、それを右へ、松林の中をしばらく走ったと思うと、左手に谿流の音が聞えてきた、……水だと気付いたとたんに、昨夜からの渇きが恐ろしい力で喉を絞めつけた。

――水だ、水だ。

なかば夢中で、音のするほうへ丘を下りようとした。そこは熊笹(くまざさ)の藪だった。浮足で下りるところを、その笹へ踏込んだので、ずるっと滑った。

――ああ。

と叫んで笹を摑もうとしたが、物具(もののぐ)を着けている重みで、そのままずずずと滑っ

て行く、どうする間もなかった。体が宙に浮いたと思うと、断崖(だんがい)の外へ毬(まり)のように墜(お)ちていった。

大地に体を叩きつけられたとき、祐八郎はその衝撃をたしかに感じた。しかし、そのあとはまるで覚えがなかった。……陣鉦(じんがね)や貝の音が、潮騒(しおさい)のように遠く近く聞えた。……松尾山から押し下る中納言秀秋の軍勢の、旗さしものの翻(ひらめ)くのが見えた。

……裏切り、裏切りという味方の者の絶叫が、耳を劈(つんざ)くように響いてきた。

――金吾秀秋、犬め！

混沌とした意識の底から、現(うつつ)よりも鮮やかな幻の声が、またしてもなまなましく甦ってきた。その声で、祐八郎はふっと意識をとりもどした。

「もし、……もし、お武家さま」

声はまえよりもはっきりと聞えた、……白い顔と、美しい眉(まゆ)とが、祐八郎の眼にう

つった、彼は夢のようにそれを見ていたが、やがて、自分の眼前に、一人の若い娘がいることを認めた。

——いかん。

気付いて、彼はがばとはね起きた、いや、はね起きようとして、背骨に伝わる鋭い痛みのために、呻き声をあげながら顚倒した。

「危のうございます」

娘は誘われるように走せ寄って、祐八郎の肩を抱いた、……柔らかく、温かい娘の体は、祐八郎に分るほどわなわなと震えていた。

「お立ちあそばしてくださいまし、すぐそこにわたくしの家がございます、ここでは人眼にかかるといけませぬから」

「……拙者は石田軍の落人だ」

「よく分っております」

「拙者に関わっては、あなたに迷惑がかかる、もし……その気があったら、ここにいたことだけを、他言しないでください」

「よく分っております」

娘は聡明な眸子に泪さえうかべながら、優しく頷いて云った。

「でもお怪我をしておいでのようすですし、このままではどうあそばすこともできませぬ、わたしの家は里からも遠く、家には病気で寝たきりの父一人しかおりませぬ、けっして御心配あそばさずに、せめてお傷の手当なりとして行ってくださいまし」

「……かたじけない」

泪をうかべた娘の眼を、祐八郎は泣きたいような感謝の気持で見上げた、……はじめて見る眸子とは思えなかった、真実の籠ったその声も、はじめて聞く声のようではなかった。

「では申しかねるが、御親切にあまえて……」

「さあわたくしの肩へお捉りくださいまし。いいえ、野良育ちでございます、どうぞ御遠慮なくお掛りくださいまし」

娘はまるい肩を、かいがいしく男の腋の下へ入れた。祐八郎は歯を喰いしばって立ち、云われるままに娘の肩へもたれかかった。

崖の下を少し行くと、谿流に沿った岩の上に、水手桶と担い棒が置いてあった。娘はそこへ水を汲みに来て彼をみつけたらしい。……それから右へ、爪先登りに二十間ほど行くと、径は粟畑の前へ出た。熟した果のみごとに生っている柿の木が十四五本、その間をぬけるとすぐ、高い風除けの木に囲まれて、貧しげな農家が一棟建っていた。

「ここでございます、むさ苦しゅうございますけれど、どうぞ我慢あそばして」

「とんだ御雑作をかけます」

「もうそんな御会釈はお止めくださいまし」

云いながら、娘はほとんど男を担ぎあげるようにして、庭へ向いた縁側へと掛けさせ、ふと祐八郎の眼を見て明るく微笑した。

——おや、この笑顔は？

祐八郎は、一瞬どきっと胸をつかれた。

——見た顔だ、どこかで見た笑顔だ。

そう思ったのである。

「すぐおすすぎを持ってまいります」

祐八郎の凝視にあって、娘は眉のあたりを染めながら、小走りに裏手のほうへ走って行った。

二の二

――そうだ。

闇のなかで、祐八郎は急に、夢から覚めたように眼を瞠いた。

――そうだ、妻の顔だ、あの眼許、眉のあたり、若菜の顔に生写しだった。

家のなかは暗く、物音もない、外には風があるとみえて、さらさらと栗の葉ずれの音が聞えてくる。もう夜半を過ぎたであろう、傷の手当にも、作ってくれた胡桃入りの粥にも、温かい愛情と真実とが痛いほど感じられた。眼許や眉が似ているばかりではない、その愛情のこもったとりなしの端々が今は亡き妻の若菜をまざまざしく思いださせる。

「ああ、……若菜、おまえだった」

祐八郎は久しく口にしなかった妻の名を、胸の震えるような懐かしさで呼んでみた。

襖がすっと開いた。

ほのかに灯火の光が流れてきた。そして、娘が跫音を忍ばせながら入って来た。

「もし、……どうかあそばしましたか」

「いやべつに、大丈夫です」

「なにかおっしゃったように存じましたけれど、もしお苦しゅうございましたら……」

「なんでもないのです、ただ」

あなたが、死んだ妻のように思えたので、……そう云いかけて、口を噤んだ祐八郎のようすを見て、娘は去りかねたように、そっとそこへ坐った。

「お眠りなされませんのですか」

「ひどく疲れているのだが、眼が冴えて眠れないのです。……落人の身でこんな親切な御介抱を受けようとは思わなかった、まるで夢のような気持です」

「そんなにおっしゃっていただくと、かえって恥ずかしゅうございますわ」

娘は健康な膝の上へ、肉付のみずみずしい手を重ねながら云った。

「まだ申上げませんでしたけれど、わたしに兄が一人ございますの」

「お兄さんが」

「それが三年まえ、大坂へ上って武士になるのだと申し、父やわたくしの諫めも肯かず家出を致しました。……こんどの関ケ原の合戦に、もしや兄が加わっているのではないか、加わっているとすれば石田さまがたであろう、そしてあのお気の毒な敗け戦に遭って、生きて落ち延びることができたろうか、それとも討死をしてしまったか。……父も、わたくしも、その心配で夜も眠れませんでした……わたくしあなたさまを見ましたとき、すぐ石田さまがたのお侍だと存じました、そして」

と、娘は申訳のないことをうちあけるように、少し口籠りながら続けた。

「すぐに兄の身の上を思いだしたのでございます」

「そうですか、……そうでしたか」

「でも、そう申上げましても、お怒りくださいませぬように……」

「とんでもない、そう伺って、あなたの御親切がなおのこと身にしみるばかりです。……して、お兄さんのお名前はなんとおっしゃる」

「うちには柏山という、古くからの姓がございますの、兄は条助と申しますけれど。でも、……武士になったとしましたら、名を変えていることだと存じますわ」

「柏山条助。……柏山」

なんども口の中で呟いてみた。しかし、まったく聞いたことのない名だった。……もし娘の考えるとおり、彼が西軍にいたとして、そして、もしあの戦場から落ち延びることができたとしたら、そのままここへ来ていなければならぬはずだ、今日まで姿を見せぬとすれば、……あるいは関ケ原の露と消えたのかも知れぬ。

「あなたさまは、これからどちらへお越しあそばします」

「治部の殿（三成）のおゆくえをたずね当て、佐和山の城へ入って、さいごのひと合戦をするつもりです」

「まあ、それは！」

　と、娘は思わず驚きの声をあげた。

「それでは、あなたさまはまだ、御存じありませんのですか」

「知らぬとは、なにをです」

「佐和山のお城は陥ちました」

「……陥ちた」

　祐八郎は愕然と声をあげた。

「それは、本当ですか」

「はい井伊、脇坂、小早川の軍勢が攻めかかり、昨日の朝とうとう落城したと、見て来た人の話でたしかに聞きました」

「……そうか。……ついに佐和山も、落城か……」

　絶望と悲憤とで、祐八郎は身も心もうちのめされてしまった。……たった一つの希望、残された唯一の死場所がなくなったのだ。

祐八郎の絶望をそれと察したのであろう、娘はそっとすり寄って、

「もしあなたさまさえおよろしかったら」

と心を籠めた調子で云った。

「この家でお怪我の養生をあそばしませぬか、そのうちには治部少輔さまのお行衛も知れましょう。それからお駈けつけなさいましても遅くはないと存じますが」

「ありがとう……できればそうしたいのだが」

祐八郎はそう云いながら娘の眼を見上げた。

三の一

娘の眼は、朝のときのように泪をためていた。眉のあたりに、男を憐れみいとしむあたたかい愛情が、溢れるように滲んでいた。

——若菜。

祐八郎はそう呼びたかった、しかしようやくそれを抑えつけた。やがて娘は夜具の隅を押えてから、そっと次の間へ去って行った。

明けがたと思われるころだった。

さすがに連日の疲れが出て、ぐっすり眠っていた祐八郎は、異様な人の叫び声にはっと眼覚めた。声は家の裏手でしていた。暴々しい男の喚きに交って、この家の娘の必死に押し止める声がする。

「嘘です、家には父が寝ているだけです」

「黙れ、この干し物はなんだ、百姓の家にこのような品があるか」

「それは、……ひ、拾った品です」

「面倒だ、踏込め！」

「あれ、父は重病で寝ております、あれっ」

だだっと戸を押し破る音に続いて、人の踏み込んで来る気配がした。

このあいだに床をぬけ出していた祐八郎は、太刀をひっ掴んで、縁側の雨戸を蹴放しざま、前庭へだっととび下りた。

「ああ、逃げた」

「庭へ廻れ」

そういう声と、娘の悲鳴とが、鋭く彼の耳を打った。

外は深い朝霧だった。祐八郎は痺れている片足を引摺りながら、懸命に粟畑の中へとび込んで行った。

しかし遅かった。追い詰めて来た一人が、やっと叫びさま、体ごと、うしろから跳びかかる、躱そうとしたが、浮いていた腰が砕けてのめる、その勢いをそのまま、三転して脱出しようとしたが、続いて走せつけた一人が、獣のように咆えながら跳びかかった。

――八幡！

彼は身を捻って太刀を抜こうとした。しかしそれより疾く、体の上へ二人の力がのしかかって来た。祐八郎のはねあげた足は、一人を六尺あまりも飛ばした。一人の手首を嚙んだ、それが精いっぱいの反抗であった。

――もういけない。

祐八郎は『そのとき』がきたと悟った。それで反抗することを止めた。

縄を掛けられて引き起こされたとき、なによりもさきに彼は、そこに立っている娘の姿を認めた。娘は彫像のようにかたく硬ばった顔で、わなわなと総身を震わせていたが、立ちあがった祐八郎を見ると、ひき裂けるような悲鳴をあげながら、地面の上へ崩れ落ちてしまった。

「貴公たちは誰の組だ」

祐八郎は振返って訊いた。……具足を着けた三人の武士は、まだ肩で息をついていた。

「我らは田中兵部大輔どのの家臣だ」

「そうか、……では念のために申しおくがこの農家に罪はないぞ、拙者がこの娘を太刀で威し、訴えたら病父を殺すと云って、無理に一夜を押しかけて泊ったのだ」

「そんなことは本陣へ行って云え、我らは狩り出すだけが役目だ」

「飢えた野良犬どもの犬狩りだ、わはは」

三人は声を合せて笑った。

「そこの、……娘」

祐八郎は静かに振返って、

「迷惑を掛けて済まなかった、おまえに罪のないことは、陣所へまいって固く陳弁してやる、……雑作をかけた詫びを云うぞ」

娘は答えなかった。そして地面に膝をついたまま、大きく空虚に瞠いた眼で、喰入るように祐八郎の眼を見上げていた。

「別れるまえに訊ねたいことがある、おまえの名を聞かせてくれ」

「……まつ、……まつと申します」

「……まつ。済まなかった」

祐八郎は娘の眼を見返しながら、心へ刻みつけるように呟くと、振返って、

「さあ曳いて行け」

と高く顎をあげた。

もうなにも考えることはなかった。行き着くところへ行き着いた者の、澄んだ、快いほどに澄んだ気持だった。……石山の陣所でひととおり訊問され、三成の家臣だということが分ると、そのまま大津へと運ばれた。

――御主君はどうあそばしたか。

なによりもそれが知りたかった。それで大津へ曳いて行かれる途中も、警護の者の言葉から耳を離さなかった。しかし、結局は安否を知ることができずにしまった。

石山から大津までのあいだは、おびただしい関東軍の人馬で埋まったようだった。勝軍にめぐまれた人々の、元気いっぱいな、明るい談笑がいたるところで湧きかえっていた。……佐和山が落ちて、石田一族が炎上する城に殉じたことも、その人々の声高な話のなかから聞いた。

大津に着いたのは深夜を過ぎていた。

三の二

その翌日、ようやく日の昇った頃、本陣の幕営へ曳き出された彼は、一瞬おやっと思った。……幕営のようすがあまりに物々しい。

——誰の陣だろう。

そう思っていると、やがて、三ツ葵の紋を打った幕張りの内へ入った。三ツ葵は徳川の紋である。それでは秀忠の陣かと思った。しかし、ほどなく正面へ現われた人物は、髪毛の半ば白くなった、赭顔の肥えた老人であった。……同時に、左右に扈従して来た部将の中に、見覚えのある本多忠勝の顔をみいだして、祐八郎はさすがに驚いた。

——家康だ、家康だ。

それはまさに徳川家康だった。

旗本の部将たちに護られて、設けの床几へ静かに腰を下ろした家康は、瞼のたるんだ細い眼で、しばらく祐八郎の顔を見戍っていたが、……やがて低い柔らかな声で呼びかけた。

「そのほうは治部少輔の家来だそうじゃな」

「……いかにも」

祐八郎は昂然と顔をあげた。

「ならば、治部少輔のいどころを知っておるであろうが、どうじゃ」

「……いかにも」

御主君はまだ御無事だった！　祐八郎はとびあがって歓呼したい大きな欲望を感じた。……御主君は無事なのだ、どこかにまだ生き延びて在すのだ、……そう思うと、一瞬まえまでの絶望の中に、微かながら一筋の光がさしてくるのを感じた。

「いかにも」

と彼は声高く答えた。

「主君、治部少輔の殿の御在所は知っております」

「それを聞きたいのじゃ」

「……ほう」

「五日や十日生き延びられようとて、しょせん覆水は盆にかえらぬ、治部どのの名のためにも、早く始末をつけるほうがよかろうではないか。……治部どのはどこにおらるるの」

「さぞお知りになりたいでございましょうな」

「聞かずにはおかぬじゃ」

「さて、……どうありましょうか」

老人の細い眼が、そのとき、かすかにきらりと光を放った。……そして、皺をたたんだ丸い指で、静かに膝を撫でながら、

「あれを見い、あの幕の側にあるものを」

と右手を顎でしゃくった。……そこには、一見して拷問道具と分る物が、乾いた血の痕をどす黒く滲ませて、並んでいた。祐八郎はつくづくと見てから振返った。

「責め道具でございますな」

「体は弱いものじゃ」

家康は柔らかい撫でるような声で云った。

「心はどのように固くとも、人間の体が苦痛に堪えられる限度は知れたもの、今までに何十人となくその証拠を見せている、……どうじゃ、試してみるかの」

「試していただきましょう」

祐八郎は正面あげて家康を睨めつけながら云った。

「いまより四日まえ、関ケ原の合戦に、わたくしは金吾中納言どのの裏切りを見まし

た、秀秋どのの裏切りの軍勢が、味方の側面へなだれ込むのを、……この眼ではっきりと見ました」

「…………」

「弓矢とる身にとって、見るべからざるものを見たのです。わたくしの五体は、そのとき八千にひき裂けました」

祐八郎の全身が痙攣るように震えた。彼は咽も割れるかと思える声で叫んだ。

「そのときわたくしの五体は、呪いと忿怒のために八千にひき裂けたのです、この体のどこにも、もう痛むところは残っておりません。お責めなさるがよい、徳川どの、わたくしは治部の殿の御在所を知っておりまするぞ」

彼の叫びは高く、幕張りの内に昂然と響きわたった。

家康の表情は少しも動かなかった。いやむしろ、そのたるんだ瞼の下にある細い眼が、いつか力を無くして閉じられさえした。

——金吾中納言の裏切り。

その一言が、家康の太い胆玉に、わずかながら鋭い痛みを感じさせたのである。

……老人は間もなく眼をあげた。

「あっぱれ申しおるのう」

家康は低く呟くように云った。

「そこまで心を決められては、いかな責め道具も歯がたつまい。……誰ぞ、その縄を解いてやれ」

みんな怪訝そうに眼をあげた。

「縄を解いて逃がしてやれと申すのじゃ」

そう云って、家康は床几から立ち、

「祐八郎とやら」

と振返って、

「治部どのに会ったらそう申しつたえてくれ、おひとがらには惜しい家来を持たれる、羨ましいことじゃと」

そして幕のかなたへ去って行った。

陣所から曳き出され、木戸の外へと解き放された祐八郎が、石山のほうへ歩きだしたとき、……うしろから名を呼んで追って来る者があった。

「大畑さま、お待ちあそばして」

振返ると、意外にも、あの農家の娘まつであった。

「まつどの、どうしてここへ」

「大畑さま！」

娘は側へ走せ寄ると、泣き腫らした眼をいっぱいにみひらいて、祐八郎の眼を見上げながらすがりつくように云った。

「わたくしも曳かれてまいりました」

「あなたも、……ではやはり拙者の言訳は通らなかったのか」

「でもいま許されましたの、あなたさまがお調べをお受けあそばすようすも、幕を隔てて伺っておりました、……おめでとう存じます」

「重ね重ね迷惑をかけて、詫びの申しようがありません、どうか許してください」

「わたくし本当にはらはら致しました」

娘は男と並んで歩きながら詫び言をうち消すように云った。

「あなたさまは、治部の殿さまのお行衛を御存じないはずでございましょう……それなのに、あんなに幾度も知っているとおっしゃって。もし、拷問などにかかったらどうあそばすおつもりでございました」

「……ああ云うほかに言葉がなかったのです」

祐八郎は苦く笑いながらいった。

「さむらいともある者が、しかも戦場で、自分の主君をみうしなった、ゆくえを知らぬと云うことができますか。……たとえ責め殺されても、知らぬとは云えないことです」

「まあ……わたくし、気付きませんでした」

娘は武士の生きかたの厳しさに、いまさらながら驚きと尊敬とを感じた。

「そのお立派なお覚悟が、こうして無事に出ておいでになる元だったのですね。もうこれで安心でございますね、お約束どおり、わたくしの家へおいでくださいますでしょう？」

「あなたの家へ？」

祐八郎は振返ったが、すぐ元気な声で、

「そうです、まいりましょう」

と云って笑った。

「この傷では動きがとれません、しばらく御厄介になって、百姓のお手伝いでもするとしましょう」

「まあ、本当でございますか」

娘は満面に、つきあげるような歓喜の表情をうかべながら、男の顔を仰ぎ見た。

「本当です」

祐八郎はそう答えた。……早くも彼は、自分のうしろに、家康から跟(つ)けてよこした、隠密(おんみつ)の眼が光っているのを感付いたのである。……彼が行くところへはどこまでも跟いて来る眼だった。――いま御主君を捜しに出ることはできない。いずれにしても、こうなる運命だ、娘の親切にまかせて、当分はようすをみるほかに手段(てだて)はない。

「本当ですとも」

祐八郎は、跟けて来る隠密に聞けとばかり云った。

「拙者は、このまま百姓になろうかとまで考えていますよ」

「まあ大畑さま」

娘の明るい声が、松並木に快い反響を呼び起こした。……湖畔の道は、清らかな秋の日ざしを浴びて、白々と石山の里へとのびていた。

平八郎聞書

一

水野監物忠善が三河ノ国岡崎の領主であった頃、その家老に戸田新兵衛という者がいた。

新兵衛は水野家に数代仕える足軽の子で、十五六歳の頃までは、いるかいないか分らない平凡な少年であったが、それから四五年経つうちに、いつともなく、だんだんとその存在が人の眼につきはじめた。……べつにぬきんでた男振りでもなし、口数も寡く、とくにこれという才能があるとも見えないのに、いつかしら、寄合いの席などでは彼の意見が欠くことのできぬものになってきたし、なにかむずかしいもめごとでも起ると、よほど年長の者までが新兵衛に調停をたのむというふうになった。

彼は二十二歳のとき足軽組頭になり、それから三年してその総支配に抜かれた。——当時、岡崎藩の足軽総支配という役は番頭格で、二百石以上の武士がこれに当っていた。したがって、平足軽から出てその役に抜かれるということは、ほとんど不可能に近いことであって、まったく破格の出世だったのであるが、新兵衛の人柄は少しも『破格』だという感じを与えなかった。

――なるほど戸田なら申分あるまい。

同輩の人々がそう思ったし、上司のあいだでも受けがよく、

――あの男ならなにかやりそうだ。

という評判が一致していた。

総支配には二年在職した。とりたてて記すべき功績もなかったが、彼が在職している期間には、常になにかともめごとのある上士と足軽とのあいだに、いちども諍いごとが起らずに済んだ。それについてとくに取締りをしたとか、心配したとかいう訳ではない、なにも仔細はないのだが、とにかく彼の在職中は珍しく無事だった。

新兵衛は二十七歳の春、正式に士分に取立てられ、百五十石の書院番になった。そこでも彼は好評をもって迎えられた、そしてその年の夏、物頭を勤める神尾角左衛門から望まれてその娘の萩江と婚約をむすんだ。

そこまではごく順調であった。数年のあいだに、平足軽から百五十石の書院番になり、物頭の娘と婚約ができたということは、すでに泰平となったその時代には異数の立身である、しかも秀抜な手柄があったわけではなく、いつとなく自然と伸びあがっ

たのだから、その人柄がありふれたものでなかったことは確実であろう。……けれどそれから間もなく、その順調な運命を覆して思いがけぬことが起った。

寛文五年（一六六五）九月はじめ、新兵衛は主君忠善の命で、彦根藩の井伊家へ使者に立った。……虎次郎という家僕を供に、岡崎を出て、その日は鳴海で泊り、翌日岐阜、三日めの暮れがたに不破の関跡へかかった。

「これから先は山越しになりますが、どこへお宿を取りましょうか」

「ちょうど宿間になったな」

新兵衛ははじめからそのつもりだったとみえて、かまわず歩きながら云った。

「しようがない、今夜は月がいいようだから山越しをしてしまおう」

「……大丈夫でございますか」

「御用を急ぐから」

伊吹を越える峠路にかかるとまったく日が暮れた。幸い月は中天にあったが、つづら折りの道だし樹立に遮られるので、足もとは決して安全とは云えなかった。

夜の九時頃であった。峠のもっとも迂廻路へかかったとき左手の杉林の中からわらわらと五人ばかりの人々が出て来て、月光の明るい道に立ちふさがった。異様な風態をして、素槍だの刀だの、みんなそれぞれ武器を手にしている。

「旦那さま、賊です」

家僕が悲鳴のように叫びながら逃げだそうとした。けれども、そのときうしろへも同じほどの人数がとびだして来たので、彼は新兵衛の背後へ小さくなって身を隠した。

「なんだ、貴公たちはなんだ」

新兵衛は前後を見廻しながら云った。

「貴公の見るとおりだ」

一人の図抜けた巨漢が答えた。

「しかし山賊でも野盗でもないぞ、みんな志操高潔な武士だ、志操高きがゆえに主取りを好まず、俗塵を避けて山野に武を鍛錬しているのだ。ここはわれらの関所だ」

「ここを夜に入って通る者は」

と別の一人が大地に槍を突立てながら叫んだ。

「たとえ大名、将軍たりとも、われらに貢しなければならぬ。拒むものは即座に斬って捨てる掟だ。話が分ったら、所持の金子は云うまでもない、衣服大小をここへ脱いで行け」

「それともひと戦やるか」

喚（わめ）きたてながら、十余人の賊どもは、武器をひらめかせて前後から詰め寄った。

二

「しばらく、しばらく待ってくれ」

新兵衛は手をあげて制した。

「貴公らの申分はよく分ったが、拙者は主君の御用で彦根までまいる途中だ。ここで裸になっては御用を果すことができぬ」

「人にはそれぞれ用があるものだ。ここはそんな斟酌（しんしゃく）をする関ではないぞ」

「だから相談をしたい」

新兵衛はふところから金嚢（かねぶくろ）を取り出し、巨漢の手へ渡しながら云った。

「これに二十金ほど入っている。これを渡すから、衣服大小を見逃してもらいたい。もし見逃すことができないなら、せめて御用を果すまで拙者に貸しておいてくれ」

「貸しておく……それはどういうことだ」

「御用を果せばすぐこの道を帰って来る。そのときは衣服大小を渡すと約束しよう」

賊たちは無遠慮に笑いだした。

「ばかなことを云うやつだ」

槍を持った男が嘲笑して叫んだ。

「そんな痴言をああそうかと云って、ここで貴様の戻って来るのを便々と待っていられるか、われわれはそんな甘口に乗るほど呆けてはおらん」

「甘口かどうか知らぬ、しかし約束は約束だ」

新兵衛は力を籠めて云った。

「帰りにはかならず衣服大小を渡す、武士に二言はない」

「やかましい、文句を云わずに身ぐるみ脱いで行け」

「それとも斬って取ろうか」

またしても賊どもが武器を取り直したとき、頭目と思われる例の巨漢が、

「待て待て、みんなちょっと待て」

と制止しながら前へ出た。

「こんな話は初めてだが、武士に二言はないと云った言葉が面白い。ひとつそれに嘘がないかどうか試してみよう」

「では帰るまで待ってくれるか」

「待とう。しかし念のため断っておくが、約束を破って妙な真似でもすると、この話

を天下に触れて笑いものにするぞ」

新兵衛は静かに笑って頷いた。

峠を越えて、人家の見える処へ来るまで、家僕はものも云えなかった。新兵衛は黙って歩いていた。そして東から空が白みはじめ、道に人影が動きだすと、家僕はようやく元気を取り戻したように、山賊たちの愚かなことや、その賊どもをうまうまいっぱいくわせた主人の奇智を褒めだした。

「やまだちどもが、あの山中で、今日か明日かと待っている姿を思うと、可笑しくて腹の皮がよじれます。あんな間の抜けたやつらがおりましょうか」

「そんなことをむやみに饒舌ってはいけない。人に聞かれたら笑い草になる」

新兵衛はそうたしなめただけだった。

彦根へ着いて、用を果したのはその翌々日のことであった……彼は用事が済むとその足で帰途についた。むろん道を変えるか、そうでなければ役人に訴えて、警護の人数を同伴するものと思っていた家僕は、訴えた様子もなく、しかも同じ道を帰るのはどうする気かと、主人の心が分らないで大いに疑い惑った。……当の新兵衛はそんなことに頓着せず、ずんずん道を早めて、夜になるのを計ったように、元の峠へとさしかかった。

十時（いのとき）を過ぎた時分だった。雲に見え隠れする月光を踏んで一昨夜の場所までやって来ると、新兵衛は左手で大剣の鍔元（つばもと）を掴（つか）みながら、立停（たちどま）ってしばらくあたりを見廻したのち、

「おーい、おーい」

と声をはりあげて呼んだ。

「やまだちどのはおらぬか。一昨夜ここを通った者だ。やまだちどのはおらぬか」

「……旦那さま、そんな乱暴なことを」

家僕が、仰天して止めようとしたとき、右手の杉林の奥から「おう」と、答える声がして、松の火が、ちらちらと道のほうへ下りて来た。……例の巨漢を先に十人あまり、こんども用心ぶかく主従の前後を取り巻いた。

「よう、これはこれは先夜のごじん」

「約束を果しに来た。御用も終ったから、衣類大小を渡して行く、受け取ってくれ」

「なるほど二言のない仕方だ、もらおう」

巨漢はなかば呆（あき）れ、なかば感に入った様子で、しかし油断なく新兵衛の動作を見戍（みまも）った。こちらは無造作に大小を脱（と）って渡し、くるくると衣類もぬぎ捨てた。

「ひとつ頼みがある。供の者だけは勘弁してやってくれぬか」

「ならん。だいいち主人が裸になったのに、下郎が着物を着て歩くというのは義理に欠ける、一緒に裸になれ」

家僕も裸になった。二人とも、下帯ひとつのまったくの裸である。巨漢はそれを見ると、

「気の毒という気持は捨てたわれらだが、約束を守った褒美に肌着だけ返そう。持って行け」

そう云って、肌着二枚投げてよこした。……主従がそれを着て、夜の道を立去って行くと、巨漢はしばらくそのうしろ姿を、見送っていたが、やがて溜息をつくように呟いた。

「世の中は広い。妙な人間がいるものだ」

三

他言はならぬと、固く口止めをしておいたが、いつか家僕がもらしたとみえて、その噂は間もなく、岡崎家中に弘まった。そして、それまでの好評がいっぺんに逆転した。

――武士たるものが、なんということだ。

――ひと太刀も合わせず命乞いをしたそうではないか。

――やはり素性が素性だからな。

かついちども人の口に出たことのない彼の素性が、そのときはじめて、前方へ押し出されてきた。

――足軽はやはり足軽だよ。

――かっこうだけは出世しても、魂までは武士になりきれなかった。

――いいみせしめだ。

新兵衛は黙っていた。弁明もしないし、べつに恥ずる様子もなかった。……するとある日、神尾角左衛門が訪ねて来た。

用件は噂のことだった。

「世評があまりやかましいので訊きに来た。いったい、噂は事実なのか、おそらく嘘であろうと思うが」

「いやほとんど事実です」

新兵衛が、さすがに少し困惑したように答えるのを聞いて、角左衛門は額のあたりを赤くした。

「そうか。当人の口から事実だと云うなら間違いはあるまい、しかし、どうしてそんなばかな真似をした。所存のほどを訊こう」

「べつに仔細はありません。お上の御用を仰せ付かった体ゆえ争いを避けただけです」

新兵衛は静かに云った。

「御用を果すまでは、わたくしの体でわたくしの自由にはなりません。しかし争いを避けるには帰りに衣服大小を渡すと約束せざるを得なかったのです」

「それで約束を果したというのか、相手もあろうにやまだちどもに！」

「たとえ相手が山賊野盗でも、いったん約束したことは反古にはできません。わたくしは武士の義理を守っただけです」

「臭い……」

角左衛門は眉をしかめて云った。

「いかにも武士臭い言葉だ。そういう臭みなことを口にするようでは、真の武道はとても分らぬだろう。改めて云うが、娘との婚約は一応ないものにしてもらうぞ」

「お望みなれば……致しかたがありません」

新兵衛は予期していたように静かに頭を下げて承知した。

世評はさらに悪くなった。人々には彼の態度が、いかにも武士を衒っているように見えてきた。『武士の義理を守った』という言葉は理にかなっているが、またあまりに理にかない過ぎていた。角左衛門が云ったように『臭み』がある。それが評判をますます悪くすることになった。

その年の霜月、高代権太夫と名乗る武芸者が来て、岡崎家中の士に試合を挑んだ。藩主忠善は自ら小野派一刀流の極意を極めたほどの人で、平常武道をもっとも重んじていたから快く城中に招いて試合を許した。ところが高代権太夫は意外に強く、三日にわたって八人と立合いことごとくこれを打負かしてしまった。試合が済んでから数日、彼は城下の宿に滞在してなにかを待っていた。恐らく召抱えの使者があるのを待っていたのであろう。しかし城からはなんの挨拶もなかったので、彼は大手の高札場へ左のような意味の文字を書き遺したうえ、東国へ向って出立した。

申し遺すこと

当藩主、監物侯は、高名なる武人と聞き及んだが、士を鑑るの眼なく、したがって家中に人物なし、嗤うべき哉。

寛文五年霜月　　高代権太夫

その貼紙はすぐ藩主の手許へ差出された。怒るだろうと思った忠善は、それを見る

と案の定と云いたげな顔で、

「この程度の人間であろうと思っていた、詰らぬやつだ、捨てておけ」

そう云って紙片を裂き捨てたきりだった。

高代権太夫は、忠善がその貼紙を見ればきっと怒ると思った。怒って討手を向けると思っていた、そうしたら一人残らず斬って立退こうと考えていたのである。しかし討手の来るようすがないので、少し拍子抜けのした気持で道を進めて行った。すると日暮れ少しまえ、御油の宿へかかろうとするところで、

「もしもし高代どの」

と右手のほうで呼びかける者があった。立停って見ると、一人の若い武士が、並木の松の蔭に馬を繋いで待っていた。

「なんだ、岡崎家の者か」

「そうです」

「討手だな」

権太夫はぐっと刀を摑んだ、相手は静かに道へ出て来た。戸田新兵衛であった。

「いや討手ではない」

新兵衛は微笑しながら云った。

「城中の試合に出られなかったので、後学のため一本お教えを受けに来た。お願いできようか」

四

「殊勝な心懸けだ、いかにも立合ってやろう」

権太夫は相手の心を見透したように、

「だが得物は真剣だがよいか」

「望むところだ。この松の向うに、ちょうどよい場所をみつけておいた。そこで願おう」

「どこであろうと拙者に文句はない」

新兵衛はくるっと踵を返して、すたすたと並木の蔭へ入っていく。なるほど四五間さきに広い草原があった。……権太夫ははじめから討手だと信じていたし、かならず助勢の人数が来ているものと考えたので、新兵衛が草原へかかるあいだに距離を縮め、

「さあここだ」

と相手が振返る、真向へ、絶叫しながら強襲の不意打ちを入れた。

即妙必殺の一刀だった。けれど新兵衛もまた、はじめ彼に背を向けて歩きだしたときから、その一刀のくることは期していた。だから、絶叫とともに打ちこんだ権太夫の太刀は、紙一重の差で空を截り、新兵衛は右へ跳躍しながら大剣を抜いていた。権太夫はすぐ立直って中段に構えた。両者の間十五六尺、新兵衛は青眼にとって、呼吸をしずめながら相手の眼を見た。

そのまま両方とも動かなくなった。ずいぶん長いことそのままだった。むろん、そのあいだにも精神と精神とは火花を散らして闘っていた。どんなに微細な気息のやぶれも敗因となる。五感は絞れるだけ引き絞った弓弦のように緊張し、吐く息は熱火のようだった。

そういう状態がいつまでも続くものではない。ついに張切ったものの裂ける時がきた。どちらが仕掛けたのか分らない。まったく同音に、えいという叫びが起り、両方の体が相手のほうへと神速な跳躍をした。

二本の白刃がきらりと電光を飛ばした。そして新兵衛が二三間あまり走って向直ったとき、権太夫は、体をへし折られたようなかたちで、草の中に顚倒していた。

「あっぱれ、でかしたぞ」

不意にうしろで叫ぶ声がしたので、新兵衛は反射的に刀を構えて振返ったが、とたんに持った大剣を投げだして草の上に両手を下ろした。……近寄って来たのは、意外にも監物忠善その人であった。

「みごとな勝負だった。よくした」

忠善は並ならぬ機嫌で云った。

「じつは余が討止めるつもりで、家中へは密々に追って来たのだが、ひと足の差でそのほうに取られた。それにしても、あの不意打ちをよく躱したものだな」

「未熟な技で御目を汚し、まことに恐れ入ります」

「だが新兵衛」

忠善はじっと新兵衛の面をながめて、

「これほどの腕を持ち、しかも今日まで誰にも知らせぬだけのゆかしい心得がありながら、角左にはなぜあのようなことを申した」

「……はっ」

「武士が武道を表看板にするのは、茶人がいかにも茶人めかすと同様に、はたの眼には笑止なものだそうではないか……角左に申した言葉は道理に違いない。だがそれを口にする武道臭さは抜けぬといかんぞ」

「まことに心至らぬ致しかたでございました。神尾どのに心底を問い詰められ、外聞にもれるとは存ぜず、浅慮の恥を曝して申訳がござりませぬ。……なれど」

新兵衛は静かに面をあげて、

「一言申し上げたいことがございます」

「聞こう、申してみぃ」

「世間の評にも聞き、唯今お上よりもお言葉でございましたが、わたくしは今後もできるだけ武士臭い武人になろうと心得ております」

「……どういう訳だ」

「味噌の味噌臭きと、武士の武士臭きと、ふたつながら古くより人の嫌うものとされております。わたくしもそう存じておりました。臭みのない武士になろうと心懸けたこともございます。なれど……数年前ある書き物を手に入れまして、にわかに眼が明きました」

「その書き物とはなんだ」

「それにはかような一節がございました」

新兵衛は眼をなかば閉じて、力のある、低い声で誦うように云った。

「……昔よりの説に、武士の武士臭きと、味噌の味噌臭きといけぬものなりと、下劣の諺にもいうなれど、まずは、脇よりみてのことにてやあらん。定めて公家か町人の評判なるべし。武士はなるほど武士臭く、味噌はなるほど味噌臭くあれかしとぞ思う。武士はなに臭くてよからんや。公家臭からんか出家臭からんか、職人臭からんか、むしろ百姓臭くてよからんか。味噌もなまぐさくも、こえ臭くも、血臭くても、腐り臭くても何かよからん。ただ味噌臭きがよかるべし。右の武士は武士臭くてよからぬという説……」

「待て、新兵衛待て」忠善は急に遮って云った。

「その文章、なに人の書いた物だ」

「はっ、本多平八郎どのの聞書にて、東照神君のお言葉を、そのまま筆録されたものだとございます」

「そうか――神君のお言葉か」

忠善は非常な衝動を受けたもののように、ややしばらくじっと空をみつめていた。……その胸中にどんな想いが去来したことであろう。やがて深く嘆息をもらすと、

「よく聞かせてくれた。余も眼が明いたぞ」

としみ入るように云った。

「武士はなるほど武士臭く、百姓はなるほど百姓臭くあるべきだ。臭みを無くせば元

も失う。臭みなど恐れては真の道に入ることはできぬ。……新兵衛、まだそのあとを覚えておるか」

「たどたどしゅうはございますが、覚えております」

「続けてくれ、聞こう」

忠善は草の上に正坐した。新兵衛は身を正し、低い力の籠った声で暗誦を続けた。

「……右の武士は武士臭くてよからぬという説は、武士きらうのものがふと云い出したる言なるべし。さようの者はふんどしを除きてさようおくれたし。これ平生畳の上の習いにて肝心の大切の時は、そのようなる心にて強きことは中々ならぬものなり」

すでに日はとっぷりと暮れた。六尺ほど隔てて相対した主従の顔も夕闇のなかで朧にかすんできた。しかし、忠善は時の移ることも忘れて、一言も聴きのがすまじと聴いていたし、新兵衛の声もますます熱を帯びてゆくばかりだった。

「……天地を尽くしても、武士の有らんかぎりはこの道理すたることなし。常の心懸けということ、これを措いて多からず。たとえて手近の証拠をあげていえば……」

平八郎聞書はなお続く、空には美しく星が輝きはじめていた。

編集後記

本書には、織田信長と徳川家康という二人の武将について、山本周五郎がどんな思いを持っていたかがよく分かる短篇小説を四篇づつ収録しています。こういう形で、山本周五郎がこの二人の武将を描いた作品はこれ以外にありません。そういう意味では、本書は非常に珍しい作品集だといえるでしょう。

この四篇ずつを読んで、山本周五郎が、信長と家康に対して、そして、その家臣たちに対して、どのような思いを持っていたのかに思いを致すことはとても意味深いことだと考え、この作品集を編みました。山本周五郎がこの文庫のために、あらかじめ意図して、信長物語と家康物語を書いていたのではないかと思えるほどの出来映えになっています。

歴史小説家・時代小説家としての山本周五郎は、『樅ノ木は残った』や『ながい坂』あるいは『さぶ』などの長篇小説十七作のほかに、三百四十篇を超すだろうというおびただしい数の中篇・短篇小説を残しています。

「三百四十篇を超すだろう」と曖昧（あいまい）な表現になったのは、山本周五郎は、特に初期の頃、少女少年雑誌などにいろいろな筆名で書いたために、山本周五郎の作品だと特定できにくいものがあるということや、それらの雑誌を発行していた出版社がなくなったり、戦中戦後の混乱のために初出誌が残っていないという事情があるからです。

それはともかく、これだけ多くの歴史・時代小説の中にあって、織田信長や武田信玄や上杉謙信などの戦国時代のスターともいうべき武将たち、あるいは幕末の坂本龍馬や西郷隆盛、または新撰組の沖田総司、土方歳三などの人気者たちが主人公として登場することはほとんどありませんでした。

山本周五郎の時代小説の主人公の多くは、戦国時代に名を馳せた武将たちや幕末に活躍して後世に名を遺（のこ）した人物ではなくて、その時代の波に文字通り翻弄（ほんろう）されながら生きていかなくてはならなかった普通の人たちです。この、いわゆる「名もなき人たち」に注がれた山本周五郎の視線は、やがて『青べか物語』や『季節のない街』という現代小説の傑作を生むことになります。

（文庫編集部）

初出一覧

織田信長篇

「曾我平九郎」　「キング」（大日本雄辯会講談社）　昭和八年二月号

「違う平八郎」　「講談倶楽部」（大日本雄辯会講談社）　昭和十四年三月号

「あらくれ武道」　「講談雑誌」（博文館）　昭和十六年八月号

「羅刹」　「富士」（大日本雄辯会講談社）　昭和十二年九月号
（原題「面師出世絵形」から昭和十五年十月に短篇集『土佐の国柱』収録の際、「羅刹の面」と、さらに昭和二十二年六月、短篇集『羅刹』収録のとき「羅刹」と改題）

徳川家康篇

「御馬印拝借」　「講談雑誌」（博文館）　昭和十九年二月号

「良人の鎧」　「講談雑誌」（博文館）　昭和十八年一月号
（原題「香田孫兵衛」、昭和二十年三月、短篇集『夏草戦記』に「良人の鎧」と改題し収録）

「落武者日記」　「講談雑誌」（博文館）　昭和十六年四月号

「平八郎聞書」　『島原伝来記』（櫻木書房）に初収　昭和十七年七月刊

山本周五郎

1903年6月22日、山梨県に生まれる。本名・清水三十六。1907年、東京に転居。1910年、横浜市に転居。1916年、小学校卒業後、東京、木挽町(現・銀座)の質屋・山本周五郎商店に奉公、後に筆名としてその名を借りることになる。店主の山本周五郎の庇護のもと、同人誌などに小説を書き始める。1923年、関東大震災により山本周五郎商店が罹災し、いったん解散となり、豊岡、神戸と居を移すが、翌年、ふたたび上京する。1926年、「文藝春秋」に『須磨寺附近』を発表し、文壇デビュー。その後不遇の時代が続くが、1932年、雑誌「キング」に初の大人向け小説となる『だだら団兵衛』を発表、以降も同誌などにたびたび寄稿し、時代小説の分野で認められる。1942年、雑誌「婦人倶楽部」に『日本婦道記』の連載を開始。1943年に同作で第十七回直木賞に推されるがこれを辞退、以降すべての賞を辞退した。代表的な著書に、『正雪記』(1957)、『樅ノ木は残った』(1958)、『赤ひげ診療譚』(1959)、『五瓣の椿』(1959)、『青べか物語』(1961)、『季節のない街』(1962)、『さぶ』(1963)、『ながい坂』(1966)など、数多くの名作を発表した。1967年2月14日、肝炎と心臓衰弱のため仕事場にしていた横浜にある旅館「間門園」で逝去。

昭和40年（1965年）、横浜の旅館「間門園」の
仕事場にて。（講談社写真部撮影）

本書は、これまで刊行された同作品を参考にしながら文庫としてまとめました。旧字・旧仮名遣いは、一部を除き、新字・新仮名におきかえています。また、あきらかに誤植と思われる表記は、訂正しております。

作中に、現代では不適切とされる表現がありますが、作品の書かれた当時の背景や作者の意図を正確に伝えるため、当時の表現を使用しております。

戦国物語　信長と家康

山本周五郎

定価はカバーに
表示してあります

2018年10月16日第1刷発行

発行者――渡瀬昌彦
発行所――株式会社　講談社
東京都文京区音羽2-12-21　〒112-8001
電話　出版（03）5395-3510
　　　販売（03）5395-5817
　　　業務（03）5395-3615

デザイン―菊地信義
本文データ制作―講談社デジタル製作
印刷―――豊国印刷株式会社
製本―――株式会社国宝社

Printed in Japan

ISBN978-4-06-513229-6

講談社文庫刊行の辞

二十一世紀の到来を目睫に望みながら、われわれはいま、人類史上かつて例を見ない巨大な転換期をむかえようとしている。

世界も、日本も、激動の予兆に対する期待とおののきを内に蔵して、未知の時代に歩み入ろうとしている。このときにあたり、創業の人野間清治の「ナショナル・エデュケイター」への志を現代に甦らせようと意図して、われわれはここに古今の文芸作品はいうまでもなく、ひろく人文・社会・自然の諸科学から東西の名著を網羅する、新しい綜合文庫の発刊を決意した。

激動の転換期はまた断絶の時代である。われわれは戦後二十五年間の出版文化のありかたへの深い反省をこめて、この断絶の時代にあえて人間的な持続を求めようとする。いたずらに浮薄な商業主義のあだ花を追い求めることなく、長期にわたって良書に生命をあたえようとつとめるところにしか、今後の出版文化の真の繁栄はあり得ないと信じるからである。

同時にわれわれはこの綜合文庫の刊行を通じて、人文・社会・自然の諸科学が、結局人間の学にほかならないことを立証しようと願っている。かつて知識とは、「汝自身を知る」ことにつきていた。現代社会の瑣末な情報の氾濫のなかから、力強い知識の源泉を掘り起し、技術文明のただなかに、生きた人間の姿を復活させること。それこそわれわれの切なる希求である。

われわれは権威に盲従せず、俗流に媚びることなく、渾然一体となって日本の「草の根」をかたちづくる若く新しい世代の人々に、心をこめてこの新しい綜合文庫をおくり届けたい。それは知識の泉であるとともに感受性のふるさとであり、もっとも有機的に組織され、社会に開かれた万人のための大学をめざしている。大方の支援と協力を衷心より切望してやまない。

一九七一年七月

野間省一

講談社文芸文庫

福田恆存

芥川龍之介と太宰治

解説=浜崎洋介　年譜=齋藤秀昭

対照的な軌跡をたどり、ともに自死を選んだ芥川と太宰。初期の代表的作家論「芥川龍之介I」はじめ「近代的自我」への問題意識から独自の視点で描かれた文芸評論集。

ふ－2
978-4-06-513299-9

道簱泰三編

昭和期デカダン短篇集

解説=道簱泰三

頽廃、厭世、反倫理、アナーキー、およびそこからの反転。昭和期のラディカルな文学的実践十三編から、背後に秘められた思想的格闘を巨視的に読みなおす。

みＭ1
978-4-06-513300-2

山形優子フットマン なんでもアリの国イギリス なんでもダメの国ニッポン
柳内たくみ 戦国スナイパー〈信長との遭遇篇〉
柳内たくみ 戦国スナイパー〈謀略・本能寺篇〉
柳内たくみ 戦国スナイパー〈信玄暗殺指令篇〉
柳内たくみ 戦国スナイパー〈慶一郎絶体絶命篇〉
柳内たくみ 戦国スナイパー〈壊れた歴史を修復せよ篇〉
山口正介 正太郎の粋 瞳の洒脱
山本文緒・文 伊藤理佐・漫画 ひとり上手な結婚
矢月秀作 ACT〈警視庁特別潜入捜査班〉
矢月秀作 ACT2 告発者〈警視庁特別潜入捜査班〉
矢野 隆 清正を破った男
山本 弘 僕の光輝く世界
山内マリコ かわいい結婚
山本周五郎 さぶ〈山本周五郎コレクション〉
山本周五郎 白石城死守〈山本周五郎コレクション〉
山本周五郎 完全版 日本婦道記(上)(下)〈山本周五郎コレクション〉
山本周五郎 戦国武士道物語 死處〈山本周五郎コレクション〉
柳田理科雄 スター・ウォーズ 空想科学読本
矢野 隆 我が名は秀秋
夢枕 獏 大江戸釣客伝(上)(下)
柳 美里 家族シネマ
柳 美里 オンエア(上)(下)
柳 美里 ファミリー・シークレット
唯川 恵 雨 心中
由良秀之 司法記者
吉村 昭 私の好きな悪い癖
吉村 昭 吉村昭の平家物語
吉村 昭 暁の旅人
吉村 昭 新装版 白い航跡(上)(下)
吉村 昭 新装版 海も暮れきる
吉村 昭 新装版 間宮林蔵
吉村 昭 新装版 赤い人
吉村 昭 新装版 落日の宴(上)(下)
吉村 昭 白い遠景
吉田ルイ子 ハーレムの熱い日々
吉川英明 新装版 父 吉川英治
吉村達也 「初恋の湯」殺人事件
吉村葉子 お金がなくても平気なフランス人 お金があっても不安な日本人
吉村葉子 激しく家庭的なフランス人 愛し足りない日本人
吉村葉子 お金をかけずに食を楽しむフランス人 お金をかけても満足できない日本人
米原万里 ロシアは今日も荒れ模様
横山秀夫 半落ち
横山秀夫 出口のない海
吉田戦車 吉田自転車
吉田戦車 吉田電車
吉田戦車 なめこインサマー
吉田戦車 吉田観覧車
吉田修一 日曜日たち
吉田修一 ランドマーク
吉本隆明 真贋
吉本隆明 フランシス子へ
横関 大 再会
横関 大 グッバイ・ヒーロー
横関 大 チェインギャングは忘れない
横関 大 沈黙のエール
横関 大 ルパンの娘
横関 大 スマイルメイカー

有限会社養老研究所 写真・関由香 まる文庫
吉川永青 戯史三國志 我が糸は誰を操る
吉川永青 戯史三國志 我が槍は覇道の翼
吉川永青 戯史三國志 我が土は何を育む
吉川永青 誉れの赤
好村兼一 兜割 源三郎〈玄治店密命始末〉
吉村龍一 光る牙
吉村龍一 隠された牙〈森林保護官 樋口孝也の事件簿〉
吉田伸弥 天皇への道
吉川トリコ ぶらりぶらこの恋
吉川トリコ ミドリのミ
吉川英梨 波動〈新東京水上警察〉
吉川英梨 烈渦〈新東京水上警察〉
吉川英梨 朽海の城〈新東京水上警察〉
吉川英梨 海底の道化師〈新東京水上警察〉
薬丸岳／竹吉優輔／高野文緒／横関大／遠藤武文／翔田寛 デッド・オア・アライヴ
ラズウェル細木 う 松の巻
ラズウェル細木 う 竹の巻
ラズウェル細木 う 梅の巻

隆慶一郎 花と火の帝(上)(下)
隆慶一郎 時代小説の愉しみ
隆慶一郎 新装版 柳生非情剣
隆慶一郎 新装版 柳生刺客状
隆慶一郎 新装版 捨て童子・松平忠輝(上)(中)(下)
隆慶一郎 見知らぬ海へ〈レジェンド歴史時代小説〉
梨沙 華鬼
梨沙 華鬼 2
梨沙 華鬼 3
梨沙 華鬼 4
連城三紀彦 女王(上)(下)
連城三紀彦 著 綾辻行人／伊坂幸太郎／小野不由美／米澤穂信 編 連城三紀彦 レジェンド〈傑作ミステリー集〉
連城三紀彦 著 綾辻行人／伊坂幸太郎／小野不由美／米澤穂信 編 連城三紀彦 レジェンド2〈傑作ミステリー集〉
令丈ヒロ子 原作・文 吉田玲子 脚本 小説 若おかみは小学生！〈劇場版〉
渡辺淳一 失楽園(上)(下)
渡辺淳一 男と女
渡辺淳一 泪壺
渡辺淳一 秘すれば花
渡辺淳一 化粧(上)(下)

渡辺淳一 あじさい日記(上)(下)
渡辺淳一 熟年革命
渡辺淳一 幸せ上手
渡辺淳一 新装版 雲の階段(上)(下)
渡辺淳一 麻酔〈渡辺淳一セレクション〉
渡辺淳一 阿寒に果つ〈渡辺淳一セレクション〉
渡辺淳一 何処へ〈渡辺淳一セレクション〉
渡辺淳一 光と影〈渡辺淳一セレクション〉
渡辺淳一 花埋み〈渡辺淳一セレクション〉
渡辺淳一 氷紋〈渡辺淳一セレクション〉
渡辺淳一 長崎ロシア遊女館〈渡辺淳一セレクション〉
渡辺淳一 遠き落日(上)(下)〈渡辺淳一セレクション〉
若竹七海 閉ざされた夏
若竹七海 船上にて
渡辺容子 左手に告げるなかれ
渡辺容子 ターニング・ポイント〈ボディガード八木薔子〉
渡辺容子 要人警護
渡辺容子 ボディガード 二ノ宮舜
和田はつ子 猫始末〈お医者同心 中原龍之介〉

講談社文庫　目録

和田はつ子　なみだ菖蒲〈お医者同心 中原龍之介〉
和田はつ子　走り火〈お医者同心 中原龍之介〉
和田はつ子　冬亀〈お医者同心 中原龍之介〉
和田はつ子　花御堂〈お医者同心 中原龍之介〉
和田はつ子　お十夜恋〈お医者同心 中原龍之介〉
和田はつ子　金魚心〈お医者同心 中原龍之介〉
和田はつ子　師走うさぎ〈お医者同心 中原龍之介〉
渡辺精一　三國志人物事典(上)(中)(下)
輪渡颯介　掘割で笑う女〈浪人左門あやかし指南〉
輪渡颯介　百物語〈浪人左門あやかし指南〉
輪渡颯介　無縁塚〈浪人左門あやかし指南〉
輪渡颯介　狐憑きの娘〈浪人左門あやかし指南〉
輪渡颯介　古道具屋 皆塵堂
輪渡颯介　猫除け 古道具屋 皆塵堂
輪渡颯介　蔵盗み 古道具屋 皆塵堂
輪渡颯介　迎え猫 古道具屋 皆塵堂
輪渡颯介　祟り婿 古道具屋 皆塵堂
輪渡颯介　影憑き 古道具屋 皆塵堂
輪渡颯介　夢の猫 古道具屋 皆塵堂
若杉　冽　原発ホワイトアウト
綿矢りさ　ウォーク・イン・クローゼット

2018年9月15日現在